マジカル★エクスプローラー

エロゲの友人キャラに転生したけど、ゲーム知識使って自由に生きる8

入栖

角川スニーカー文庫

23607

Reincarnated as a Eroge Hero's Friend, I'll live freely
with my Eroge knowledge.

瀧音幸助《たきおとこうすけ》

ゲーム『マジエク』に登場する友人キャラ。しかし中身はエロゲが大好きな日本人。特殊な能力を持っている。

リュディ《リュディヴィーヌ・マリー＝アンジュ・ド・ラ・トレーフル》

エルフの国『トレーフル皇国』皇帝の次女のお嬢様。ゲーム『マジエク』パッケージに写るメインヒロイン。

ななみ《ななみ》

ダンジョンマスターを補佐するために作られたメイド。天使という珍しい種族。

花邑毬乃《はなむらまりの》

ゲームの舞台となるツクヨミ魔法学園の学園長。ゲームではあまり登場せず、謎の多い人物だった。

花邑はつみ《はなむらはつみ》

花邑毬乃の娘で瀧音幸助のはとこ。基本的に無口で感情があまり顔に出ない。ツクヨミ魔法学園の教授。

クラリス《クラリス》

リュディのボディガード兼メイドのエルフ。真面目で主人に忠実で失敗を引きずりやすい。

聖伊織《ひじりいおり》

ゲーム版『マジエク』の主人公。見た目は平々凡々。だが育てればゲームで最強のキャラになった。

聖結花《ひじりゆいか》

ゲームパッケージに写るメインヒロインであり、伊織の義妹。ツクヨミ魔法学園に編入してきた。

加藤里菜《かとうりな》

『マジエク』ゲームパッケージに写るメインヒロイン。勝気な性格で貧乳を気にしている。

Character　キャラクター

Magical Explorer 6

モニカ

モニカ・メルツェーデス・フォン・メビウス

『生徒会』の『会長』を務める。『マジエク三強』の一人で、ゲームパッケージに写るメインヒロイン。

ステフ

ステファーニア・スカリオーネ

『風紀会』の会長職『隊長』を務める。法国の聖女。美しく心優しいため、学園生から人気があるが……？

ベニート

ベニート・エヴァンジェリスタ

『式部会』の会長職『式部卿』を務める。学園生から嫌われているが、エロゲプレイヤーからは人気が高い。

フラン

フランツィスカ・エッダ・フォン・グナイゼナウ

『生徒会』の『副会長』を務める。非常に真面目な性格の女性。雪音と紫苑をライバル視している。

水守雪音《みずもりゆきね》

『マジエク三強』とも呼ばれる、公式チートキャラの一人。風紀会の副会長を務める。

姫宮紫苑《ひめみやしおん》

『式部会』の副会長職『式部大輔』を務める。制服を着ずに常に和服を着ており、メインヒロイン級の強さを持つ。

アイヴィ

アイヴィ

ツクヨミ学園新聞を発行する新聞部の部長。兎人族の女性で常にハイテンション。三会の役割を知っている。

ルイージャ

ルイージャ

ツクヨミ魔法学園の教師。お金にルーズであり、花邑家に借金がある。はつみの先輩であり、学生時代は一緒にダンジョンへ行っていた。

桜瑠依《さくらるえ》

ツクヨミ学園に立地する図書館の司書。学園に長く務めており生徒思いで優しい。その正体は天使。

一章

プロローグ

▶ » « CONFIG

Magical Explorer
Reincarnated as a Eroge Hero's Friend, I'll live freely with my Eroge knowledge.

—ベニート視点—

「ベニート君、貴方《あなた》は本当にそう思っているの？」

モニカは冷たい視線を僕に向ける。

「僕はそう思っているよ」

「私が、私たちが解決するべきよ。もし伝えるにしても数か月は先」

「いいや。僕は今伝えるべきだと思うんだ」

「平行線ね。結論は出ないわ。ステフ、貴方はどう思っているの？」

モニカはあきれた様子でステファーニアを見る。するとため息をついた。

「……どちらでもいいわ。でもどちらかを選べと言われたら……」

チラリと僕を見る。そして。

「ベニートと同じ意見かしら」

驚くことに僕に賛同した。

「ベニート、なんで貴方が驚いているのかしら？」

ステファーニアは訝《いぶか》しむような表情に変わった。それはもう驚くに決まっている。

「てっきりどうでも良いと言うのかなと思っていたからね。興味がないとか」

「私もそう言うと思っていたわ」

モニカも同意すると彼女はあからさまに不機嫌な表情をする。まったく、ステファーニアらしい。

「…………訂正するわ、どうでもいい。好きにしてに一票」

ステファーニアは自分の言葉を訂正したが、モニカは納得しない。

「多数決になったとしても、私は意見を変えないわ」

モニカは僕に一票追加されたと思っているだろう。まあ、

「ステファーニア様があの様子だし、多数決と言っても一対一対一だね」

と冗談を言うとモニカが少し怒ったのがわかった。

「私は真剣に話しているのよ」

「僕だって真剣さ。真剣に言うんだ。一年生にも伝えるべきだって」

モニカの鋭い視線が僕に向く。

彼女のあふれる魔力は彼女の周りに揺らめき、まるで陽炎《かげろう》のようなもやを作っている。

彼女が怒ると良く見かける現象だ。

それはだんだんと膨れあがり、この部屋の空気が少し重くなったように感じた。

多分彼女に威嚇しているつもりはないんだろう。ただそんな風に見えるだけで。

引いても良い案件なら僕は引くかもしれないが、今日はそういうわけにはいかない。

「モニカが三会の一年生を思う気持ちは分かる。でも今年は、今年だけは伝えた方が良いと僕は思うんだ。なぜなら彼がいるから」

そう、彼。妹の時も桜《さくら》瑠《る》依《え》さんのときも、最近では他学園の問題も解決した彼。

「………瀧音《たきおと》、幸助《こうすけ》」

ステファーニアがつぶやく。

「確かに彼は少し特殊ね。いえ彼の周りも特殊というべきかしら」

瀧音幸助の異常性。その点に関してはモニカも納得しているらしい。

「でも彼はまだまだだわ。私には勝てない。ベニート君だって彼と戦ったら勝つ自信はあるでしょう?」

「ああ僕が勝つよ。紫苑《しおん》だって瀧音君に勝つと思うよ、『今』はね」

「今?」

モニカは僕の言葉を繰り返す。

「ああ、今は。だって彼はとても大きな物を持ってるんだ。だから彼は僕を超えるだろうね。まあ、それはモニカも持っている物だけどね」

「遠回しに言うの、ベニートの悪い癖よ」

苦言を呈したのはステファーニアだった。

「……それは何？」

モニカは僕に尋ねる。

「可能性だよ」

瀧音幸助には何かを引き出す力がある。それは自身の力を引き出すだけではない。近くにいる子達、僕たち、そして一般生徒達でさえ力を引き出している。

現在の学園は例年に比べ全学年の生徒の実力が高い。それは彼なしでは決して起こりえなかったと誓って言える。

新しく利用できるダンジョンの公表、有用な訓練場所やダンジョンの提案、そして常軌を逸したソロダンジョン攻略。

周りの生徒に影響がないはずがない。

彼ならこの学園が抱えているとても大きな問題を解決できるはずだ。

「だから話すべきなんだ。生徒達を『三会の対立で操る』だなんて表向きの『どうでもいい役割』ではなく、僕たち三会の『真の役割』を」

二章 デブハゲロリギャルピザ

「ご主人様、新しく部隊を作りましょう」

前置きなくななみはそう言った。俺は多分目をぱちくりさせていたと思う。

だって隣で俺との激闘《じゃんけん》に勝利して最後のクッキーを食べていた結花《ゆいか》が目をぱちくりさせていたから。多分俺もこうなっているはずだ。

「唐突にどうした？」

「いえ、新しく部隊を作るべきかなと思いまして」

さて頭痛が痛くなりそうな話題だ。ほんと意味が分からんし、まず確認からいこう。

「まてまて、いろいろツッコミを入れる前に確認させてくれ。ぶたい、とは部隊なのか舞台なのか」

「メイド部隊が活躍していることは耳にされているかと思いますが……」

「いや、初耳だが」

「へー活躍してたんですねぇ」

どうやら結花も聞いたことがないらしい。マジでメイド部隊ってなんだよ？　何をする部隊だよ。

「わたし耳に挟んだ。商店街ではいい働きだった」

会話に参戦したのはさっきまで牛乳を一気飲みしていた姉さんだった。

「お耳が早い。流石《さすが》ですはつみ様」

うーん。なんで姉さんは知ってるの？　商店街で何したの？　その情報どこから入手したの？　ツッコミどころが多すぎる。

チラリと結花を見ると彼女は首を振る。そして小声で場を流しましょうと言った。

この件をつつくと余計な話が続くことを懸念したのだろう。俺もその意見に賛成だ。

「それでですが、メイド部隊の他にもう一つ部隊を作りたいと思いまして」

俺たちが何もツッコミを入れないでいるとななみが話を進める。どうやら新しく部隊を作りたいらしい。

「……なんでだろ、嫌な予感しかしないぞ。それはどんな部隊なんだ？」

「簡単です。すこし考えればすぐに分かります。ヒントはメイドに対抗出来る人を考えれば自《おの》ずと……ですね」

メイドに対抗出来る人？　それはええと？

「瀧音《たきおと》、私は思いついたぞ！」

そう言うのは先輩だった。合法エロ部位に片足を突っ込むうなじを、惜しげもなく披露している彼女は笑顔でそう言う。

「メイド、と来たら対になる役職があるからな」

メイドと対になる？　メイドメイド……ああそうか。

「わかった！　執事だ、執事だろう！」

メイドと来たら執事。同じく主人に仕える立場である。彼らならメイドに対抗出来るだろう。

そう言うとななみは微笑《ほほえ》みながら素晴らしいと拍手する。

「さすがご主人様、雪音《ゆきね》様、おっしゃる通り。そうです。メイドに対抗出来るとしたらダークヒーローですね！」

「一文字も合ってないんだけど、この拍手なんなの？」

「結構自信があったんだが……」

苦笑する先輩。こんなことで落ち込まなくて良いですよ、これ誰も正解できません。

「ですから縁の下の最強『メイド部隊』に張り合えるとしたら、やはり縁の下の準最強『ダークヒーロー部隊』ということです」

「ちゃっかりメイドを最強にしてますね」

結花はそう言いながら残ったクッキーを口に入れる。

「当然です、我が部隊は『耳見巫女《みみふみみこ》みぃーつけ』を倒していますからね」

「なあ瀧音。ななみはいったい何と戦ってるんだ……？」

先輩の疑問は俺たち共通の疑問である。あと呼びにくい名前だと思う。

「ご安心ください、拠点となる研究所はすでに入手済みです」

「話聞いてないね、そして話が早すぎる。ほんとに何すんの？　てか研究所のお金どこから出てきた！」

「ななみチャンネル、メイド部隊、小売り、不動産、サービス、すべて順調です。銀行は投資をしたくて頭を下げに来ます」

「超大手グループ企業の社長かな？　てかななみチャンネルってそんな流行《はや》ってんの？」

「あ、瀧音さん。それなら私知ってます。破竹の勢いで登録者数増やしてますよ？」

結花がそう言うならマジなんだろうけど何やってんだよ。

「さて、話がそれてしまいましたので戻しますね。ダークヒーローのチームです」

「ずっとそれてても良かったかもしれない」

ななみは話を戻そうとするがこのまま忘れてしまっても良かったかも。なにがダークヒーローのチームだよ。なんか嫌な予感しかしないんだよ。気のせいじゃないよね？

「チーム名はほぼ決めてあります。ご主人様の名前を加味しまして『ななみレンジャー』です」

「やっぱり俺の要素入ってないよね、でも入ってなくて少し安心したぜ！」

いつも入ってないのに入れられちゃうと調子狂うんだよね。ななこ……うっ、頭が。

「では、早速メンバーの選定といきましょうか」

「は？」

「ゑ？」

「ん？」

俺、結花、先輩の声が重なる。

「ご主人様、何を驚いていらっしゃるんですか？」

「いや、ジョークかなと思ってて」

いつも適当なこと言って話をそのままどっかに投げるよね？

「ななみはいつだって真剣です。すでにななみチャンネル等でメンバー募集はかけてあります」

ななみの真剣ってたまに真剣《ジョーク》だろ。まあいいや。

「何人位集まったんですか？　やっぱりゼロ？」

結花も興味をそそられたのか話に交ざる。

「かなり条件を厳しくしたのですが、想像を超える応募がありまして……」

「そんなにいたの？」

「さすがに多すぎると思いまして断腸の思いでふるいにかけました。ご主人様の役に立ちたいという思いをもち、立ってくれるであろう数名しかいません」

「なんだろう、やっぱり嫌な予感しかしない」

「んーなんていうか、厳選された変人が揃いそうな気がしますねぇ」

確かに。結花の言うとおりだ。

「よし面接はキャンセルしよう」

「ご主人様、もうすでに面接会場に向かって移動を始めている頃でしょう」

「行動早いな。アマテラス女学園の件といい、なんで変なことに関して行動早いの？」

てか向かっているのか。土壇場キャンセルするのもなぁ。この後たいした予定もないし、いやむしろ予定がないのを見越してななみはここに面接をぶち込んできた感もあるな。

「瀧音、来てもらっているのだ、一応顔をだしたほうがよいのではないか？」

確かに先輩の言う通りか。来てもらってるのに帰れというのもな。一応行ってみよう。


どうやら面接は花邑《はなむら》系列のビルにある一室でするらしい。本来なら拠点となる研究所？ですべきだと思うが、まだリフォーム中で完全に準備が出来てないとかなんとか。

まあそんなのはどうでもいいんだ。

「本当に面接するんだな……」

長方形のテーブルがあり片側に椅子が一つ。反対側に椅子四つ。面接に来た人は一人側に座り、面接官である俺とななみ、目が利きそうな先輩、暇そうなので連れてきた結花と話すのだろう。

「私の話を信じていなかったのですか？」

いや、ななみは『ななみ上』な事言うじゃん？　実際に見るまで本当かわからないし、奇跡が起こらないかなとも思ったんだよ。奇跡なんて起きなかったよ。

「では資料を皆様のツクヨミトラベラーにお配りしますね」

とツクヨミトラベラーを見た結花が言う。

「あれ、ひとりだけですか？」

「緊迫感が持てるかなと思いまして、面接直前に一人分だけデータを送っていこうかなと」

「つまり今データを貰《もら》った彼の面接が終わると次の人のデータが貰えるということだな？」

先輩の確認にななみが肯定する。それを聞いて思わずツッコミを入れてしまった。

「面接官に緊迫感とかいらないだろ、全部一気にで良《い》いじゃないか」

「ネタバレになってしまいますので」

「面接にネタバレもなにもないと思うんですけどねぇー」

結花、もっと言ってやってくれ。てかもっと前に資料渡すべきだよね。しないって事は、よっぽどの人がいるんじゃ無いかって勘ぐってしまう。

「では最初の方をお通ししますね」

とななみは無線のような物を取り出すと『一番の方どうぞ、こちらにいらしてください』と声をかける。どうやらこれは控え室にでもつながっているのだろう。

三十秒ほどで部屋のドアがノックされた。

一番初めに来たのは関取を思わせるふくよかな男性だった。キリッとした声で失礼しますと言い、部屋に入ろうとする。

しかし彼は弾かれる。どうやらあまりにも腹が大きすぎてドアに弾かれたらしい。

「おっと、失礼………へぇ、狭いドアですね」

いや、お前の腹がでかいんだ。そのドアは少なくとも駅の改札ぐらいのサイズはある。口をパクパクさせていた結花も同じくツッコミを入れそうになっていたっぽい。今は深呼吸している。

「ぬっ、はっ！」

そんな彼は体に力を入れると無理矢理《むりやり》通ろうとする。すると少しずつだが体がドアにめり込み、やがて肉で弾かれるように入室した。

「ではこちらにお掛けください」

先輩はあんなことがあったが、普段と同じような様子で彼を席に着かせる。

「ぬっ、失礼しますっ。おお、綺麗《きれい》な花ですね」

彼がそう言って腰を下ろすと椅子から悲鳴のような軋《きし》み音が聞こえる。あと『ぬっ』てなんだよ。

「では早速自己紹介をお願いします」

「マイケル・ブラウンです。得意な魔法は身体強化で、力には自信があります」

そう言って彼は腕を少し上げ力こぶを作る。たしかに力はありそうだ。

「なるほど、欠点などございましたらお教えください」

「欠点は……ぬっ。そうですね。僕自身は欠点と思っていないのですが、他者からは熱すぎると言われたことがあります。僕の熱い心がそうさせてしまっていたのでしょう」

ぽよんと腹を揺らしながらそう言った。

彼は俺たちの視線に気が付いたのだろう。その腹に手を当てると、

「ぬっ、素晴らしいお腹《なか》でしょう、ぽっちゃりボディは僕のチャームポイントです」

なんて笑顔で言われてしまえば、もう俺たちからは何も言うことはない。

「なるほど、包容力がありますね。さてご主人様から質問は？」

ななみがそう振ってくるが、そもそも何をする団体なのか分からないのに質問も何もないんだよな。まあとりあえず何か言っておくか。

「なぜこのチームに応募されたのですか？」

「僕の彼女がななみチャンネルのファンでして、ちょうど家のマスコットキャラクターをしていた僕の履歴書を勝手に送ったのです」

美少年的な事務所に応募した理由かな？　母や姉が送りましたって結構多いよね。

てか家のマスコットキャラクターってなんだよニートの亜種かよ。

「正直に申し上げれば最初は瀧音幸助《こうすけ》氏の名前も存じておりませんでした。しかしその後調べていくうちに瀧音幸助氏の世界平和論に心打たれ、是が非でも働きたいと思うようになりました」

チラリと結花が俺を見る。もちろん世界平和論なんて論じていない。

それからななみや先輩がいくつか質問をして、ようやく最後の質問となった。

「ダンジョンへ行くこともあるでしょう。その際強大な敵と戦うとなった場合、貴方《あなた》は何が出来ますか」

「もし戦いになれば僕が盾になりましょう。たとえどんな強大な敵に当たったとしても、僕は負けないし、仲間がピンチなら回復できるだけの時間を作りましょう」

「……なるほど、ありがとうございます」

彼は入るときと同じように、つっかえながらも弾け飛ぶように退室すると、俺と結花は同時に大きなため息をついた。

　また結花はかなり疲れてしまったのかそのまま机に突っ伏す。

　気持ちは分かる。なんかすごく疲れた。ツッコミを入れないでずっと我慢してたからだろうか。ほんと、すっごく疲れた。

「すでにお腹いっぱいなんだけど。もういいんじゃないかな？」

　俺がそう言うと隣に座る結花は机に突っ伏しながら答える。

「お腹いっぱいってさっきの人ですか？」

「結花はおもしろいジョークを言ってくれるよな」

　と俺たちが話していると、先輩は苦笑しながらツクヨミトラベラーを俺たちに見せる。

「ほらほら、まだまだいるのだし二人とも頑張ろう。次の人が来るぞ。ええとななみが今送ったデータを見るになかなかすごい履歴だぞ」

　確かに履歴を見るととてもすごそうな人だ。新ダンジョンの発見、魔法大会で金賞を受賞。新たな魔法の可能性の発見。普通に実力者である。

「何で応募してきたんですかね？」

　至極当然の疑問を結花が言う。

「ツクヨミ魔法学園と間違って応募したんじゃないか？」

　と俺が適当な事を言うと先輩は頷《うなず》く。

「ふむ。可能性はありそうだが、単純にななみのファンだったなんてこともあると思う」

「可能性はありますねぇ」

「それらは面接で分かるでしょうし、呼びましょうか」

となみは次の人を呼ぶ。


開いたドアから現れたのは四十代後半ぐらいの男性だった。

彼は魔法使いらしくローブと大きなとんがり帽子を装備しており、手には亀○人や白のガ○ダルフが持っているような大きな杖《つえ》を持っていた。

また四角いメガネをかけていて、あまり外に出ないのか肌は色白だ。全身ローブだから確実とは言えないが痩せ型だと思う。

「……失礼します」

そう言って彼は入室する。声は低音で声量も低く、ぱっと見は魔法使いのコスプレをした陰キャといえばいいだろうか。

「では、そちらに着席してください。杖もテーブルに置いてかまいません。はい、では自己紹介をお願いします」

「童艇寺《どうていじ》誠《まこと》と申します。中、長距離での攻撃魔法が得意で以前のダンジョン攻略では後方で攻撃をしておりました」

彼の言葉を聞きながら履歴書を見る。するとなんだかおかしい数字が見えた。

気になってもう一度見るも見間違いではない。三十三歳と書かれていた。俺はすぐに彼の顔を見る。しわとか彫りの深さというか、四十は超えているように見える。

「自分の欠点があれば教えてください」

「魔法を使うのが好きではありません、できればなるべく使いたくありません」

「……それはどういうことですか？」

先輩の疑問は当然である。魔法使いが魔法を使いたくないとは、どういうことなのだろう。魔法が使えないならそれはもう魔法使いじゃない。

先輩に問われた彼は顔をあげ、悲しそうな表情を浮かべた。

「なんて言えばいいんですかね。亡くなったばかりのペットのお墓の前にいるみたいな顔をしてますよね」

ぼそりと結花は俺に耳打ちする。

なかなか特殊な喩《たと》えだが、かなり絶妙である。もう亡くなったペットを思い出す顔にしか見えない。

俺たちがそんな話をしていると彼は震えながら自分のとんがり帽子を触った。そして少しして彼はこちらを向き話し始める。

「僕の魔法は強力なのです。強力すぎるのです。だから魔法を使うと……」

彼は口を閉ざす。

魔法が強くて他の人まで傷つけちゃう系かな？　漫画とかによくある、威力が強すぎて近くの人も一緒にダメージ負っちゃう。だから使うのが怖――

「魔法を使うと髪の毛が抜けます」

「……は？」

結花が素の声を出す。

「ですから、髪の毛が抜けます。魔法を使うごとに平均十本ほど髪の毛が抜けます。なぜか中心部から」

彼はそう言って自分の帽子を取りテーブルに置いた。

――怖いとかそのレベルじゃねぇ。非常に深刻だった。

彼はほぼ落ち武者だった。

彼の言葉が信じられず俺は頭を見る。彼の顔を見てその反射する頭を見て、彼のたくましい腕毛を見て、わびしい頭部を見て。

しかし何度見ても落ち武者であった。

「なるほど。ご主人様、確かめるために童貞寺様に実演していただきますか？」

おい馬鹿やめろ、それは命を削るような行為だ！　そんな事できるわけないだろ！

「いや、やめておこう。すでに実績という結果があるから」

と俺は言うも童艇寺は首を横に振る。

「覚悟はしていました、使いましょう」

「いえいえ、結構です結構です」

と俺は立ち上がろうとする彼を無理矢理座らせる。本来なら使ってもらうべきなのだろうが本当に毛が抜けたら心が痛むし。

「まあ面接を行う前に確認は取れていますので大丈夫でしょう」

ななみ、お前試してたんなら先に言え！　こんなこと二回もさせるな。

「では次の質問に行こう。今回なぜこのチームに応募したんだろうか？　魔法を使いたくないという理由は理解出来たが、このチームはダンジョンの攻略も行う可能性がある」

そう聞くのは先輩である。彼はすぐに理由を答えた。

「瀧音幸助様の世界平和論第六章にある、毛があるかないかは関係ないという言葉は僕の心を救ってくれました。彼の言う世界を作ってみたい。そう思っただけです」

ものすごい勢いで俺を見る結花。じっと見てくる童艇寺。論じてはいないけれど、一応同意見ではある。

とりあえず頷いておこう。

「……僕は彼のためなら毛をすべて失ってもかまわない、そう思ったのです」

童艇寺はそうまとめた。

毛がゼロになったときに魔法を使うとどうなるのか気になったが、もちろん口にすることは出来なかった。

「ようやく二人目か……二人目？」

まだ二人目だというのにもうお腹がはち切れそうなほどの満腹感がある。しかし残念な事に面接はまだまだ続くようだ。

次に面接に来たのは獣人だった。

ドアを開けた瞬間に見えたのは、狐耳《きつね》である。

十歳いかないくらいの顔つきで身長もそれ相応。また彼女のお尻付近には大きな尻尾が生えていた。

一つ気になるのは彼女の力だ。先の二人はまとう魔力である程度実力が測れたが、彼女からはそれがなく、完全なる無であった。それはまた不気味だった。

彼女はひょこひょことこちらに歩いてくると、

「ななみん、おひさーじゃ！」

と言って元気に手を上げた。かわいい。

「たまちゃん、お久しぶりですね」

となかみも軽い様子で挨拶する。そして少し高い椅子にぴょんと座ると俺をじっと見る。

そしてにやっと笑い、

「ほぉ、こやつが瀧音幸助か。ななみんが言うだけはあるようじゃな」

なんて言い出した。

「なんか逆面接みたいな状態になってない？」

上から下までじっくり観察されたんだけど。

「気のせいです、ご主人様。さてたまちゃんは合格ですし、もう帰宅してかまいませんよ」

「やったー！」

「マジで何しにここ来たの？」

思わず素の声でツッコむ。

「ご主人様、よく考えてみてください。実力は今日面接するなかでも最強ですし、年齢も千歳超えていて合法ですし、見ているとと癒やされますし、ロリですし、スクール水着も持っていらっしゃいますし、ロリですし……」

と話を聞いていた先輩も頷《うなず》く。

「なるほど、確かに合格だな」

「いや、待ってください先輩。色々おかしな点があったと思うんですが」

「なんじゃ、我輩《わがはい》が嘘を言うとでも思ったのか？　まぁ戯《ざ》れ言《ごと》は言うがのぉ。ほっほっほ♪」

嘘以前に千歳で合法でロリでスクール水着で見ていて癒やされるロリという言葉がおかしいんだよ！　なんでロリ二つあるんだよ。

「ちなみに桜《さくら》さんの推薦でもあります」

「サラクエルのう。あやつは勝手に色々やりおってからに。まあ我輩よりも頭は良かったしの、それが最善だと結論づけたのじゃろうが。まあ我輩としては寂しいばかりじゃ」

だめだ、さっきの童艇寺はギリツッコミが間に合うぐらいだけど、こっちはボケを乱発射してる。てか桜さんの推薦？

「まあまあ瀧音、彼女の実力は本物だろう。私も戦ったら多分負ける」

「えっ、雪音さんが負けるってマジですか⁉」

結花は目をまん丸にして幼女を見つめる。確かに全然力が読めなくて不気味だなって思ってたから、実力は納得できる。

「いやまあ実力はともかくだな年齢が……あれ年齢も千歳超えてるのなら良《い》いのか？」

「そうじゃぞ。なに、心配なぞしなくて良い。仕事もしっかりやるしの。ほれ皇国の土産じゃ、エルフの森クッキーは舌がとろけるぞ。抹茶味じゃ」

そう言って彼女は机に箱を置く。その箱にはかわいいエルフがおいしそうに緑色のクッキーを食べている姿が写っていた。

「ではこれからよろしく頼むぞ、幸助……む、これからは仕えるのだから幸助様にすべきか」

「ええと、呼び捨てでかまいませんよ。年上のようですし」

「あいわかったのじゃ」

と面接らしい面接もせず三人目が終わり、彼女は大きく手を振りながら退室していった。

「素晴らしい方でしたね、ご主人様。やはりのじゃロリキツネババアは最高だぜですね」

なんて楽しそうに話すななみ。のじゃロリキツネババアって一般人とオタクで解釈が変わりそうだよな。もちろん俺からすれば褒め言葉だ。

「あのーななみさーん。もう家帰って寝たいんですけど、あと何人ぐらいいるんですかねー？」

そして心底めんどくさそうな結花がそう言うと、ななみは自身のツクヨミトラベラーを見た。

「二人いらっしゃいます」

その言葉に俺と結花はため息をつく。

「あと二人もいるのか……」

「勘弁してほしいですね」

俺たちの様子を見ていた先輩は苦笑する。

「ほらもう半分終わったと考えれば良いんだ、次を呼ぼう」

なんて話しているとツクヨミトラベラーに情報が来る。

そういえばだが。

「今更だけど面接している人たちって何するんだ？」

「ご主人様の代わりにダンジョンを攻略しアイテムを入手したり、ダンジョンに行くメンバーが足りないときに同行したり、町の平和を守ったりと多岐にわたります」

「瀧音さん、半分以上面接終わってから聞いてどうするんですか？」

結花のおっしゃる通りである。最初から聞いておくべきだった。

「まあ、次の人に生かせるから聞いて損はなかったはず？　まあとりあえず次の人へ行くか」

それからななみがアナウンスをすると彼女はすぐにこちらに来た。

次の人は簡単に言えばギャルだった。髪の毛は巻き、ミニスカートにタイツ。サングラスをシャツにかけている。見た目は少しキツい印象を与えるが、非常に美人かつかわいい。おっぱいは大きめである。

「あっ、ななみーん！」

彼女はななみを見ると嬉《うれ》しそうに声を上げる。そして両手を伸ばしななみと楽しそうにハイタッチをした。

「ななみん、びーむ！」

と二人でダブルピースをキメると満足したのかこちらに向かって歩いてくる。そして机を挟んだ俺の前に立つとおでこにしわを作りながら綺麗《きれい》な顔を近づけてきた。

「あーし、アンタのことは認めてないから」

と俺に言うと彼女はふんっと鼻を鳴らしながら椅子に座った。

そして腕と脚を組むと不機嫌そうな顔で俺をじっと見てくる。あのさ、ミニスカで何してるんだ。ふとももが殺戮《さつりく》兵器だぞ。

「彼女に何かしたんですか？」だなんて結花が小声で聞いてくる。

もちろんこれっぽっちも記憶になかった。

「では自己紹介をお願いしようか」

先輩がそう言うと彼女は頷く。

「ロゼッタ。盗賊系のスキルは一通り使える。戦闘はそこまで得意じゃないけど、そこらの奴よりは自信ある」

盗賊系か。仮に今までのメンバーが全員合格だとしたら、チームとしてのバランスは良いだろうか。

「ふむ、なぜここに応募したんだ」

先輩がそう尋ねると彼女はななみを見た。

「ななみんと一緒に働けるからです。ななみんの側にいたい、それ以外にありません」

どうやら単純にななみのファンてだけらしい。

「素晴らしいですね、ご主人様。採用で良いでしょう」

明らかに適当すぎるだろう、と苦笑しているとロゼッタは舌打ちをする。

「なんか文句あんのー？」

ちょっとケンカ腰の彼女はかわいいなぁと思っていると、結花が口を開く。

「あのですねぇーななみさんと一緒に仕事するかもですけど、でも瀧音さんに仕えなきゃいけないんですよ？　大丈夫なんですか？」

と結花が言うとロゼッタは、結花を見つめる。

「あ、なにアンタ誰？　こいつの腰巾着？」

ピキ、と結花の表情が引きつるのが分かった。

「ま、まあまあ。結花」

「結花っていうの、へー。ツルんでる奴のセンスはアレだけど、アンタのセンスは認める。その着こなしかわいいじゃん。ちょっとマネしたいかな」

「………なんていうか素直ですね」

と結花はそう言ってため息をつく。それからいくつか質問をするも彼女は終始俺に敵対しななみに好意的だった。

「やはりツンデレは最高ですね」

面接が終わり彼女が去ったあと、ななみは嬉しそうにそう言った。

俺にはツンしかなかったんだけど？　デレそうにも見えなかったけど？　ななみには常にデレだったから？　まあいいや。

「多少結花様に似ていましたね」

となななみが言うと結花は眉をひそめた。

「えぇーっ。私あんな感じなんですか？」

「……まあそれは置いといて、俺が嫌いなのに本当にチームに入っていいのか？」

「大丈夫でしょう、なんせロゼッタ様はスクール水着を所持してらっしゃいますし」

「さっきもそうだったけどスクール水着は何なの？　万能アイテムなの？」

好きか嫌いかで言ったらテラレベルで画像や動画持ってたぐらい好きだけどさ。

「瀧音さーん。これ以上話しても駄目ですよ、次行きましょ次」

確かにそうだな。

「では次の方を呼びますね」

ななみアナウンスとほぼ同時にツクヨミトラベラーに次の人のデータが届く。読む限りではドラゴンを片手でひねるほどの超筋肉をもつ女性らしい。

「これは期待できるな、手合わせ願いたい」

先輩はそれを見て楽しそうにつぶやく。俺からすれば何でそんな猛者がこんなチームに入りたいかが疑問だ。

少ししてドアがノックされる。先輩がどうぞと答えると彼女は入室する。

「失礼しまーす」

それは人気ピザチェーン店の服を着た女性だった。彼女は片手にピザを持っており、もう片手にはスマホのような物を持っていた。

「……部屋を間違えてませんか？」

俺がそう言うと彼女はきょとんとした表情でこちらを見た。そして手にもつ端末で何かを確認し始める。

「ええと。いえ……間違っていないはずです」

あれ、ならこの人？

「すみません、ドラゴンを片手でひねる超筋肉を持つザ・アマゾネスファイター流星群さんですか？」

「アマゾネスでもファイターでも流星群でもありませんが……あの、私そんな姿に見えますか？」

全く見えない。普通にバイトしている幸薄そうな女子大学生にしか見えない。ちょっと素朴で真面目そうな感じがかわいい。

「じゃあなぜここに？」

「アナウンスがあって、メイドに通されたんです」

メイドという単語で皆の視線がななみに向く。ななみは彼女の側へ行きピザを受け取った。

「実は面接予定の一人が急用で来られなくなったらしく、ピザの配達を頼んで代役にしたとのことです。全くメイド部隊は有能ですね」

「関係無い一般人じゃねーか！」

なんで来ない人のデータ送ってくるんだよ、それにメイド部隊の常識と倫理観どうなってるんだよ！　ピザ配達員呼んでどうするんだよ！

「まああ。これも何かの縁ですし、どうせですから面接しましょう」

彼女はお掛けくださいと促され困惑しながらも着席する。ななみはピザの箱を開けるとマジシャンのようにスカートの中から皿を取り出して俺たちに分ける。

ぼそりと結花はどこから出してるんですかとツッコミを入れていたが、それはもちろん無視された。

「では、とりあえず自己紹介をお願いします」

「えっとコノハナ大学に通っています、朝山《あさやま》栞《しおり》です」

うーん。全く知らない学校だ。

「では志望理由なぞ聞いても仕方がないので、ご主人様の第一印象を教えてください」

ご主人様？　と不思議そうな顔をする朝山さん。すみません俺です。

「チャラ………大きいマフラーしているなって感じです」

いまチャラそうって言いそうじゃなかった？　まあその通りなんだけど。

「得意なことは何でしょう」

ななみは継続して尋ねる。

「得意なことは……料理です」

「十八番といえる料理はなんだろうか？」

と話に乗る先輩は朝山さんに尋ねる。ずっと思ってたけど先輩って結構適応力高いよな。

「ええとオムライスかな。卵料理が得意です。あ、一応ピザは作れます」

そう言うとななみが素晴らしいと声を上げる。

「オムライスですか。なるほどなるほど、ほぼ合格とみて良いですね、ご主人様からはなにかございますか？」

「合格になる要素がどこにあるか分からないし、質問もないぞ」

むしろ合格しても困るだろう。

「ではご主人様の代わりに私から質問しましょう。この仕事をするに当たって川での作業や雨で体が濡《ぬ》れることがありますが」

そう言って彼女はスカートの中に手を入れる。

「それでも作業を継続しなければならないでしょう。ですから必要な物がございます」

そしてななみは紺色の布を取り出した。

「あなたはスクール水着をお持ちですか？」

彼女が取り出したのはスクール水着だった。

「いやはや、素晴らしい方達でしたね」

ななみは心底満足したかのようないい笑顔でそう言った。

「どう見ても変なのしかいなかっただろ……」

「ほんとですよ、デブとハゲとロリとギャルとピザしかいないじゃないですか。色々大丈夫なんですか？」

結花、ちょっとそれ直接的すぎますって！

「まあまあ。実力がある人だらけだったし、なかなか面白いチームが出来るんじゃないか」

「先輩、お笑いチーム作るんじゃないんですよ、しかも俺に敵対してる人もいるし」

なんで俺の補佐チームなのに俺に対して悪意持ってる奴入れるの？　それに。

「てかピザの人魔法使いですらないしマジで一般人だよね？」

ちなみにスクール水着は持ってるらしい。あれって学校卒業したら処分するもんじゃ無いの？　ネットオークションで売ったら馬鹿にならない金額になりそう。

「では話をまとめまして全員採用でよろしいですね」

そうなるんじゃないかなと薄々思ってた。でもさ。やっぱさ。

「頼むからピザの人は外してあげて」

CONFIG

Magical Explorer
Reincarnated as a Eroge Hero's Friend, I'll live freely with my Eroge knowledge.

三章 三会の秘密

それはベニート卿《きょう》に呼ばれ月宮殿に向かっている最中だった。

「ねーえ瀧音《たきおと》さん、話が飛ぶんですけど……」

結花《ゆいか》がそう話を切り出したのは。

個人的にはカツ丼とカツカレーの偉大さについてもう少し話したかったのだが、彼女はそんなのはどうでも良いらしい。

「どうした？」

「あそこって自由人のたまり場じゃないですか」

彼女が言うあそことは多分式部会の事だろう。現在その本部へ向かって歩いている。てか自由人のたまり場なんて式部会以外だと花邑《はなむら》家くらいしか浮かばない。

「まあ否定はしないし自由すぎる感があるが」

斜め後ろを歩くななみも同じ意見のようで俺の言葉に「そうですね」と返す。

「あそこって全員集まる事ってあるんですか？」

「何言ってるんだ。多分あるだろ……見たことないが」

「見たことないんじゃないですか。今回はなるべく全員参加でお願いってベニートさん言ってたんですよね。揃うんですかねぇ」

何もなければ揃うような気もする。まあアネモーヌは自由の化身みたいなところがあるからいなそうでもある。

「誰かサボりそうに見えるのが式部会のすごいところですよね。アネモーヌさんとか瀧音さんとか」

「なんで紫苑《しおん》さん省いて俺を入れるんだよ」

見た目だけで言えば一番はっちゃけてると思うぞ？　いや、メイド服が隣にいたか。

「だってベニートさんと紫苑さんって根は結構まじめじゃないですか。でも瀧音さんはより重要なことがあったら黙ってそっちゃったりするじゃないですか」

「確かに結花様のおっしゃる通りですね。『勝手に』、『危険でも』、行動なさりますね」

「ははは……すみませんでした」

否定できないな。一応最近は誰かに話してるから許してほしい。

と話しながら集合場所である月宮殿の一部屋についたときだった。

ななみがお待ちくださいと俺を止める。

「ご主人様」

彼女は真剣な目で俺の服を引っ張る。

「どうした？」

俺と結花がななみを見ると彼女は自分の耳を指さした。

「まだ確実とは言えませんが」

ななみにはすでに『彼女』について注意をしておくように言っていたが、ついに動くのだろうか。

まだ確実とは言えないとしても、警戒は怠らない方が良い。

「そうか、なら先輩の予定はどうなってたか分かるか？」

「直接お聞きしてませんが、独自調査では風紀会のち紫苑様フラン様と会われるようです」

そういえばそんな事を言っていた気もするな。

「ストーカーじゃないですか、何で知ってるんですかね？　…………まさか私の予定も知ってる、なーんてないですよね？」

結花の視線を受けてにやりと笑うななみ。

「っゑ？」

結花はななみから視線を外すと俺を見る。すごく不安そうだ。

「ないから安心しろ」

ひとまずベニート卿《きょう》には話しておかなければならないな。まあ今回の件が終わってからか。

「とりあえず行こうか」

と式部会のドアを開ける。

「やあ瀧音君。結花さん、ななみさん」

そう声をかけてきたのはベニート卿だった。

相変わらずイケメンだ。マジで紅茶を片手にウインクする様が似合う。こんな顔に生まれてみたかった。

部屋をよく見てみればそこには式部会の全員が揃っていた。だから結花は少し驚いたようだった。

「やあ、待ちかねたよ！」

そう言うのはアネモーヌだ。何か実験でもしていたのか、手には紫色の液体が入った丸底フラスコを持っている。

「ほれ幸《こう》、こっちに座れ。結花もななみもこい」

紫苑さんに呼ばれ俺は言われたとおりに座る。横に結花も座るがななみは横に立った。

「皆ここまで来るのは疲れただろう、これを飲むと良い」

そう言って彼女は丸く凹《へこ》んだ木の板を俺と結花となななみの前に置く。そして手に持つ、ポコポコ音を立てて沸騰らしき変化をしている紫色の液体を載せた。

「私の開発したお茶だ、おいしいぞ」

明らかに茶ではない。油みたいにねっとりしてててドクロマークの湯気が出る茶があれば教えてほしい。

「絶対お茶じゃないですよね」

結花はそう言いながら載せていた板ごと手で押し返す。ななみはコルクを取り出して蓋をすると布にくるんで懐にしまった。

「今度は何を作ったんですか？」

「だから言っただろう、お茶だ」

俺の問いにお茶という立場を崩さない彼女。

ベニート卿はそれを見ながら笑い、立ち上がってケトルのスイッチを入れる。隣に置かれているティーカップから察するに紅茶を淹《い》れようとしているのだろう。ななみはベニート卿のところへ行き、小声で何かを耳打ちする。

「わかった。ななみさん、お茶はよろしくね」

「お任せください。この様子ならバレないでしょうし、簡単です」

「おい、何を入れようとしてるんだ何を」

と俺はツッコミを入れる。

「あっ私は普通のでお願いします」

と結花が言うとベニート卿は笑いながらこちらに近づいてきた。そして俺たちの対面、先ほどからずっと携帯ゲーム機で遊んでいる女性の隣に立った。

結花がこの部屋に入って驚いていたのは彼女がいたからだろう。俺も少し驚いた。

その子の見た目を端的に言えば、人形を持った少女だ。だぼっとした服を着た彼女は入室した際にチラリとこちらを見るも、すぐにゲームに視線が戻った。

俺たちに興味がないのだろう。

ななみが俺たちに紅茶を置くとベニート卿は話し出す。

「さて、瀧音君達はまだ会ってなかったよね。彼女が式部会二年生のグレーテルちゃんだ」

「グレーテル、よろしく」

俺、結花、ななみの三人は軽く自己紹介をしてよろしくお願いしますと返す。

グレーテルはやっぱり俺たちに興味がないのか、自己紹介の途中からゲーム端末に視線を戻すとポチポチとゲームを始めていた。

「なに、こういう奴じゃ。誰に対してもこんな対応じゃから気にせんでいい」

とフォローを入れる。

俺はグレーテルを見ていると、ふと桜《さくら》さんの事を思い出す。

「そういえば、グレーテルさんにお礼を言いたかったんですよ」

そう言うと彼女はゲームから視線を外す。

「グレーテルさんは桜さんの件でベニート卿と一緒に戦ってくれたと聞きました」

ベニート卿から話を聞いた限りでは皆が本当に頑張ってくれたらしく、グレーテルさんも危険を顧みず戦ってくれたとか。

「ありがとうございました」

と俺は頭を下げる。同時にななみも頭を下げる。

「別に、紫苑やベニートに来いって言われたから行っただけ」

とグレーテルが言うと紫苑さんが「なんじゃぁ？」とつぶやく。

「それは嘘じゃぞ、自分の後輩が本当にピンチって知って来たんじゃ」

「ム、でも僕は紫苑に来いって言われた」

「あーそうじゃのそうじゃの」

と紫苑さんは流し気味に返す。まあまあと俺は紫苑さん達をたしなめる。

「でも、来て戦ってくれたことは間違いないですし、そのことに感謝したいんです」

人の本性は、口よりも行動に表れる。

彼女がなんて言おうと、どう思おうと、彼女は戦ってくれた結果がある。

「だからありがとうございます。グレーテルさん」

俺は再度そう言った。

グレーテルさんは自分の毒を抜くかのように大きく息を吐くと、

「……後輩なんだから気にしなくていい」

と言って視線を外しゲームを再開してしまった。

口や対応はアレだがなんだかんだ面倒見が良く、色々協力してくれたりしてくれる子だ。

彼女は非常に強いため今後力を借りることになると思う。

また俺が強くなる上でも重要になってくるかもしれない。

「後輩、僕のことで丁寧に話さなくていい。聖女じゃあないしなんかヤダ」

グレーテルはゲームをしながらそんな事を言った。それに結花が返事をする。

「分かりました。それにしてもゲームが好きなんですねぇ……あれ？」

結花はチラリとゲーム画面を見てつぶやいた。

「そういえば瀧音さんたまに遊んでましたよね？　性格とか努力値とかよくわかんないこと言ってたの覚えてます」

結花はよく見ているな。時間がとれなくてそれほどプレイできなかったんだけど。

「瀧音後輩……ゲームが好きなの？」

大好きである。ただ忙しいし、魔法が楽しいからあまり遊んでない。昔は毎日のようにゲームしてた。大抵エロゲだけど。

「好きですよ、時間なくてあんまりプレイしてないですけど」

グレーテルは基本的に他人に興味をあまり示さないが、自分の趣味が同じ相手には非常に心を開く。そのため今後ギクシャクしないように多少プレイしていた。

「ふぅん、そっか」

と彼女はゲームに視線を落とした。

「さて皆の自己紹介が終わったところで本題に入ろうかな」

「あれ、挨拶が本題じゃなかったんですか？」

と結花が質問する。

「違うんだよね、確かに皆で顔を合わせたいなと思っていたけど、本題は別なんだ。どうしても皆に言っておかなければならないことがあってね」

「なんですか？」

「実はモニカと喧嘩《けんか》しちゃってね！　連携が取りづらくなってるんだ」

はっはっはと笑うベニート卿《きょう》。しかし俺含む紫苑さん達は沈黙だ。

喧嘩って大丈夫なのか？

「なんだベニート、君もセクハラ発言でもしたのかい」

「アネモーヌさんじゃないんだから、しないんじゃないですかね？」

結花、一応アネモーヌはセクハラ発言をしているのは自分と明言してないぞ。まあ九割九分九厘アネモーヌだと思うが。

「なんで喧嘩したんじゃ？」

「それがだね、聞いて驚かないでくれよ……」

そう言ってベニート卿《きょう》はニコニコ笑顔で言葉を溜める。そして。


「なんと話せないんだ。はっはっはっはっは！」


楽しそうに笑うベニート卿。なぜか一緒に笑うアネモーヌ。言葉溜めといてこれかよと冷めた目で見る結花と紫苑さん。そして相変わらずゲームしてるグレーテル。紅茶のおかわりをくれるななみ。おいしい、ありがとう。

「お主、なんで話せないことをそう話すんじゃ？」

「話せないことを話すか話さないかで争ったから話せないんだよね」

「……話すだとか話せないだとか混乱しそうな議題じゃの」

現在の式部会で話せないことはあの件だろうか。

「まあ簡単に言えば方向性の違いみたいなものだね」

それを聞いた結花はため息をつく。

「はぁ……ミュージシャンみたいな喧嘩してるんですね。てか話してはいけない秘密があるって事自体を話して良《い》いんですかね？」

「ふふっ怒られるだろうね」

ベニート卿はすごく楽しそうだ。

「一応聞くが、妾《わらわ》にも黙っていることなんじゃろ？」

紫苑さんの問いにベニート卿は頷《うなず》く。

「ああ、でもアネモーヌは知っているよ。ねえ？」

「ふむ、それに関しては知っている。ただ女体の神秘については知らないな」

「……関連有るっぽく話してますけど全く関連ないですよね？」

そう言ってこっちを見る結花。

「関連は無いだろうな」

アネモーヌは混乱させに来てるよなぁ。

「そうだね、関係無いよ。それで僕の立場を簡単に話しておくと、その秘密を紫苑ちゃん達、もちろん瀧音君達含む一年生にも全部話してしまうべきだと思うんだ」

「ではモニカ様は話すべきではないと？」

ななみの問いにベニート卿は頷く。

「そうだ。モニカは反対でステファーニア様は僕よりの中立」

ステフ聖女がベニート卿よりか。なるほど、そうなったか。

「ちょっと聞きたいんだけど、アネモーヌはどう思う？」

「難しい問題だな。どうすれば全裸で登校できるかを考えるかのようだ」

「なるほど。どうすればメイドの人口が増えるかを考えるようなものですね」

「あのーななみさん？　ややこしくしないでくれませんかねぇ？　アネモーヌさんだけで私たちお腹《なか》いっぱいなんですけど？」

「ななみんはいいことを言う。そうだ。捕まるのを覚悟すればいつでも行けるという点がポイントだ」

「つまりなんなんですかね？」

結花がアネモーヌに結論を求める。

「まあ関係無い話は置いておいて。私は伝えることは賛成だ。しかしハンゾウは反対するだろうな」

「そうか……なら」

そう言ってベニート卿は俺を見た。

「瀧音君はどう思う？」

「……何でこの流れで俺に聞くんですか？」

何でこの流れで俺に聞くんだよ。知ってる前提で俺に聞くのをやめてくれませんかね。てかこの問いをするってベニート卿は何が目的なんだろう？　俺が知ってるとでも思ってるのだろうか、それとも俺の反応を見て知ってるかを探ってる？

「さあ、なんでだろうね？　なんだか瀧音君には聞いておかないといけない気がしたんだ」

まあ知っているんだけど、どう答えればいいか。

「ノーコメントで」

場を濁すくらいしかできない。まあノーコメントって肯定の意味に捉えられることがあるから、失敗だったか？　まあ肯定に捉えられたとしても今更かもしれない。花邑家関係者は何かしら察してるだろうし。

「そうか。……あと皆にも聞いておきたくてね」

ベニート卿は言葉を止め全員の顔を順番に見ていく。

「三会に秘密があるとしたら、それに属している皆はそれを黙っていられるのはいやかい？　それを知りたいかい？」

最初に答えたのは紫苑さんだった。

「興味はあるが別に無理に知らなくても良いかの。話したければ話せ、お主に任せるから好きにせい」

「正直どうでもいい」

視線がゲームに固定されたままのグレーテルさん。

「んーっ、なんて言うか、最初っから何かを隠してたのは知ってますよ。でも最近色々したいことがあるので大変なのは勘弁してほしいですねぇ」

「ご主人様の意見が私の意見です」

紫苑さんはちょっと知りたそうだが、グレーテルさんは興味がなくどうでも良さそうだ。なにより結花だ。彼女は前に三会について疑問を口にしていたから秘密は察していたのだろう。中身は知らなくとも。

皆の話を聞いたベニート卿は、手を口元へ持っていくとクスクスと笑う。その様子を見て紫苑さんは尋ねた。

「卿よ、なぜ笑うんじゃ？」

「なんだか式部会らしいなと思って。僕は昔の式部会を知らないけれど、多分今の式部会が全世代で一番式部会らしいんじゃないかなって思ったんだ」

「どういう意味じゃ？」

「式部会って一般生徒から見たら危険とか個性的って捉えられますし、それですかね？」

「確かにそうだな。アネモーヌさんとかな」

と俺は結花に同意する。ついでにアネモーヌだけでなく紫苑さん、グレーテル、結花、ななみ。本当に個性的で魅力的な女性が揃ってる。結花は性格的には普通よりだが生まれとメンタルがぶっ飛んでるんだよなぁ。

「ふむ、私は君には及ばないと思っているんだがな」

アネモーヌはそう言って俺を見る。

「アネモーヌさんの言うとおりですよ。同じくらいぶっ飛んでる人が何言ってるんですか」

あれ？

「まあまあ、ご主人様。気を落とさずに」

「ななみも大概じゃがの」

ベニート卿は俺たちのやりとりを見てひとしきり笑うと息を吐くようにささやいた。

「ふう、さて、皆にはいずれ話す事になると思う。もし力になってくれるのならばそのときはお願いするよ」

四章　新聞部、始動

『式部会』は学生達の『宿敵』である。

基本的な行動指針は学生達に怒りを売り、『こいつらには負けないように頑張ろう』と思わせることだ。

そのためにいくつか行動を起こしているが、そのうちの一つはツクヨミ学園新聞で調子に乗ることである。

ツクヨミ学園新聞は自動的に全学生のツクヨミトラベラーに送信される上、役立つ情報が多いため非常に見る人が多い。オレンジですら見る。

そんな中で調子に乗ったことを言えば、アイツには負けたくない、とやる気を出してくれる生徒がいるのだ。それも少なくない数いるらしい。

その新聞に載せるための打ち合わせは基本的にベニート卿が行うが、その役割を今回譲ってもらった。

俺は新聞部に用があったから。

「はーい。あ〜たっきーっ！　やっほー」

部室をノックすると出てきたのは部長であるアイヴィだった。兎《うさぎ》の耳をピーンと立てて彼女は笑顔であいさつをする。

「アイヴィさん、こんにちは」

「ごきげんよう、アイヴィ様」

俺、そして連れてきたななみも返事をする。

「ごっめー急に呼んじゃって。大丈夫？　大丈夫かぁ、よかった！　急に交替させたベニート殴って良いよ！　許可ぁ♪」

「まだ何も言ってないのに自己解決してるんですけど」

しかもベニート卿殴る許可も貰《もら》っちまった。十発ぐらいなら良いかな？

「そんなのはいいんだよー。ささ、入って入って！」

何がいいのか分からないが俺とななみは新聞部に通してもらう。

「ほお、面白そうな物がたくさんありますね」

ななみは部屋の中をじっくり観察してそう言った。

小さいオフィスのような雰囲気と言えば良いだろうか。大きな長方形のテーブルが中心にあり、そこにいくつかの椅子が設置されている。そしてテーブルの上にはノートパソコン、何台かのタブレットとペン、付箋やメモ帳、ボイスレコーダーなどが置かれていた。

整理整頓はされていない。

またテーブル西側には俺が両手を広げたぐらいのディスプレイのような物が置かれており、そこには編集中の新聞記事らしき物が映し出されている。

そして部屋の壁には以前の新聞が貼られていたり、部員のスケジュールが描かれた表のような物もある。

「ごめんね散らかってて！　ほら座って座って♪」

そう促され俺は椅子に座ると近くにあったタブレットに映し出されていた文字を見る。

「『式部会の横暴を許すな』か」

「しっかり式部会を下げて生徒会を上げていますね」

ななみの言葉に頷く。かなりうまく書けていると思う。

「お待たせせっ、好きなの飲んで良いよ！」

といくつかペットボトルの飲み物を出される。

「じゃあ早速次の記事のインタビュー始め………あっ！　その前にっ、言うことがあったよ!!」

そうだ、そうだとアイヴィは手をたたく。

「んもぉーたっきーったら、水くさいぴょん！」

思い出したかのように兎語みたいな語尾を使うアイヴィ。この語尾を付けるときは大抵何か変な事を言うときである。

「何の話ですか？」

「アイヴィは知ってるんだからねっ。たっきーがお嬢様学園として名高いアマテラス女学園に行ったこと」

アイヴィは嫌らしいがどこか可愛さのあるニヤリ顔で距離を詰める。そして肘で俺の腹をつついた。

めんどくさい人に知られてしまったか？

いや一番知られたくないエッロサイエンティストのアネモーヌに比べたら、有象無象であろう。まあアイヴィさんならいいか、もう終わったことだし。

「もっと早く知ってたら高性能なカメラ渡してたのになぁ！　まあそれは良いや。それよりも……」

いや高性能カメラ何に使うんだよ。まあやぶ蛇かもしれないから聞かないでおこう。

「ねぇねぇねぇ、たっきーはお嬢様を何人ぐらい落としたの？　お姉さんに教えて、ね、ねっ？」

近所のおばちゃんかアニメの友人キャラみたいなこと言いやがって。

「誰も落とし穴に落としてません」

「たっきーったらとっっっぼけちゃってぇぇぇぇぇぇぇ！　落とすって言ったら恋！

分かる？　恋、恋だよ恋　ＫＯ・Ｉ♡　っふぅ────！　たっきーったらハーレムハーレムっ♪」

なんだこのハイテンションは。ぼーっと彼女を観察しているとななみが答える。

「恋に落とした人数………全校生徒ぐらいでしょうか？　思ったよりも少なくて安心しました。ね、ご主人様」

「落としてない。てか全校生徒で思ったより少ないってどういうことだよ？　考えうる最大の数だろ！」

「恋に落ちた少女が別の少女に噛《か》みつく事によって恋が伝播《でんぱ》するかなと」

「伝播しねぇよ、思考が電波かよ。ある意味ゾンビより怖いわ！」

バイオハザ○ドやウォ○キングデッドを思い出したよ。

「全校生徒だなんてお口あんぐりだよ！　たっきーならヤるって信じてたけどまさか全員とは。じゃ新聞に書いとくね♪　あ、噛まないでね」

「俺の話聞いてないですね。書かないでください」

「でも回ってる写真はみーんな楽しそうだったよ？」

そう言って彼女は俺の前にタブレットのような物を差し出す。俺はそれを受け取ると映し出されている写真を見た。

表示されていたのは学園で食事をしている瀧音《たきおと》ななこだった。

「………これどこで入手したんですか？」

「はっは～たっきーったらもしかして知らない？　アマテラス女学園の子みーんな持ってるんだから」

知ってる、瀧音ななこの写真が出回っている事は耳にしていた。なるほど、入手先はそこか。

本音を言うとすべての写真を世界から抹消してほしいところだが、残念なことに無理であろう。

「ほう、なかなか良い写真もありますね」

ななみは俺の横でタブレットを操作する。

俺、伊織《いおり》、華《はな》さん、クリスさんの4人で写ってる写真。

ミレーナさん、聡美《さとみ》さんと俺、そして幾人かのクラスメイトが写ってる写真。

恥ずかしそうな表情の伊織が写ってる写真。

「たしかに……ちょっと確保しておこうかな」

自分のツクヨミトラベラーに送っておこう。特に伊織の写真は全部だ。

「学園の写真もあるんですね」

ななみがどんどんデータを遡るとツクヨミ学園の制服の写真に変わる。凛々《りり》しいモニカ会長とフラン副会長、高笑いする紫苑《しおん》さんとベニート卿《きょう》、軽く笑うステフ聖女に真剣な面持ちで立つ先輩。

「そそ、三会ばっかりだけどねー」

新聞部で使うからだろうか。確かに三会が多いが。

「先生もあるんだな」

ぼーっとしている姉さん、生徒の前で話す毬乃《まりの》さん。そしてウインクしているルイージャ先生。

「アイヴィ様。私《わたくし》も転送してよろしいですか？」

「ななみんだったらいくらでも使って良いよ。提供、お世話になっております♪」

「へー提供ね。ん？　提供？」

なんかいやな予感がしたような？

「ご主人様。この借金《ルイージャ》なんかよく撮れてますよ、使えそうです。懸賞金はいくらで設定しますか？」

「何に使おうとしてんだよ！　指名手配じゃねえんだぞ！」

ルイージャ先生は海賊でも犯罪者でもないから。むしろ犯罪者に騙《だま》される方だ。

「そーだ。ちょっと話が変わるんだけど。たっきー？」

「どうかしたんですか？」

なかなか良いリュディの写真だな。これも後で送っとこ。

「たっきーはぁ会長達からアレの話は聞いたかな？」

「ん？　何の話ですか？」

「ほっらっ、アレだよアレ三会の～秘密っていうか……ね？」

すっと思考が切り替わる。リュディは……先輩がいるから大丈夫かな。

「何の話ですか？　三会は対立してないって事ですか？」

そう言って次の写真へ切り替える。

「そっかーぁ、ま、気にしないで！　じゃぁそれ見終わったらインタビュー始めちゃおっか！」

そう言って彼女は資料を取り出した。

ななみと相談するまでもないな。そろそろ行動を起こすだろう。

アマテラス女学園に行ったことで失った物もあるが得た物もある。

得た物で一番素敵な物はあちらの学生との楽しい思い出であるが、次いで素晴らしい物は『黄金の招き猫』であろう。

説明不足もあってリュディはブチギレていた黄金の招き猫だが、実はとてつもなく有用なアイテムである。

効果はアイテムドロップ率アップ。激レア有用アイテムも敵は落としやすくなる。これがどれだけ有用なのかはゲームをしているたいていの人なら理解出来るだろう。

先にアイテムや武器を手に入れても良いかもしれない。強い武器でモンスターを殲滅《せんめつ》する速度が上がれば、より効率的に稼げるし強くなれる。

だが問題もある。どれぐらい頑張れば武器を入手出来るのか分からないのだ。

ＲＴＡで回収していたアイテムの確率は覚えている。だがそれ以外は曖昧だ。周回でアイテム引き継ぎが出来るのに、わざわざドロップ確率なんて記憶するか？

それにイベントの問題もある。ならそれが終わってからでも良いだろう。

ということで黄金の招き猫は三会生徒達が使えるようにフラン副会長に預けた。別に自分が使わなくても他の誰かが使いたいかもしれない、そう思ったのだ。

ただそんな値段がつかなそうなアイテムを持って行きたいかと言われたら、あまり持って行きたくないかも。ロストしたらしばらくご飯喉通らなそうだし。

そんなこんなで、アイテム回収は今しないとなると。

「悩みどころだなぁ」

「ん、幸助《こうすけ》、何を悩んでるの？」

そこに来たのはパジャマ姿のリュディである。彼女は俺の隣に座ると俺の顔をのぞき込む。

左右対称の美しい顔が俺の側へ寄る。信じられないほどきめ細やかで綺麗《きれい》な肌だ。彼女にとって化粧は野暮《やぼ》だろう。ありのままでこんなにも美しい。

「今後の活動計画みたいなのだな」

お風呂上がりだからだろうか、髪からは彼女が愛用しているシャンプーの匂いがした。また肌からはほんのり熱気も感じた。

「またあなたはそのことばっかり。少しは休みも入れなさい」

「かなり入れてるつもりだけどな」

「そうは見えないのよ。皆にダンジョン中心思考なんて言われるのも仕方がないんだから」

そう言って彼女は俺の飲んでいた果汁ジュースを手に取るとチラリとこちらを見る。

俺が良《い》いぞと言うと彼女はストローに口を付けた。オレンジ色の液体がストローを通り、彼女の口へ入っていく。

「あぁおいしい」

「まあ楽しいからな。一応休んでるし」

ゲームでもそうだった。

どのようにすれば理想となるか計画を立て実際に試す。その後反省会をして想定よりうまくいかなければ、再度どうすれば良いか考え実行する。

それだけで楽しいのに、とても良い結果や低レベルでボスが倒せたりするとさらに楽しいんだなこれが。クソゲーと運ゲーのＲＴＡは苦行だが。

「そ、まあ貴方《あなた》はそうよね」

そういえば、と彼女は切り出す。

「ねぇ幸助？」

「なんだ？」

彼女は小さく息を吐きじっと俺を見る。薄く綺麗な唇を一直線にして。

こんな表情は大切な戦闘以外で滅多《めった》にしない。かなり真剣な話であることを察せた。

「私は強くなったわ」

「ああ。とても、とても強くなったよ」

出会ったころは俺もリュディも弱かった。いくつもの危機や冒険をへて、三会という学園の精鋭に選ばれるくらいに強くなった。

「そろそろ何か話すことがあるんじゃない？」

リュディは知っている。ただリュディだけではない、俺の周りにいる人たちは知っているだろう。

「……いっぱいあるな」

「私は三会の秘密に関してはそんな興味ないんだけどね」

三会の秘密について風紀会でも何か話したのだろうか。聖女が話すとはあまり思えないんだけど、ベニート卿《きょう》が聖女に何か言ったとかだろうか。

「興味ないのか？」

「ええ、まったく。でもね」

そう言って彼女は言葉を句切り俺の手を取った。

「幸助の事は興味あるんだから」

ゴクリとつばを飲み込む。

なぜかは分からないけれど、彼女から不思議な甘い匂いが漂う。そのままずっと嗅いでいると酔っ払ってしまいそうな匂いだった。

何を話しても優しく受け入れてくれそうではあるが、まだすべてを話すことは出来ない。だが今後どうなるにしても、少しずつ話していくべきだろう。それならばまずは直近の事からするべきだ。

「先輩には話したんだけれど、もしかしたらリュディが狙われるかもしれない」

「私が？」

「確信ではないんだけれど、邪神教信者が動く可能性がある」

「……邪神教信者、ね。どこにいるの？」

「予想が正しければ新聞部だ」

「そう」

「怖くないのか」

「怖くないか怖いかで言えば怖いわ。でも」

彼女は一旦言葉を切る。


「だからなんなの？」

笑顔でそう言った。

「貴方がいるし。守ってくれるのでしょう。でもね、一つ知っていてほしいの」

「何をだ？」

「私が生徒会に入って一番したかったこと」

「したかったこと？」

「ええ、自分の成長はもちろんそれ以上に大切な事が私にはあったの」

「大切な事？」

「ええ、貴方を守る事よ」

―アイヴィ視点―

「うーん意外や意外、意外だなぁー」

私がそう言うと副部長であるラウレッタちゃんが頷《うなず》く。

「そうですね。瀧音さんなら知っているかと思ったのですが」

私は頷いた。

「たっきーは花邑《はなむら》家関係者だからね。でも知らないか」

「いったいなんなんでしょうか。三会が隠していることとは」

ラウレッタちゃんはそう言ってメガネの位置を直す。

「なぁーんだろうね」

三会は対立しているように見せかけて実は結託している。また式部会も性格や態度が悪いとみられているが、アネモーヌ以外はそんな事もない。

しかしそれ以外にも三会長達は何かを隠している。二年の副会長職であるあの三人達ですら知らない何かを。

「んー三会の中でも一部しか知らないって相当に秘密の中の秘密だよねー……バレないように守りも堅くしてるっぽいし」

しかし、だ。

「でもようやく尻尾をつかめそうなチャンスが来た。長かった、長かった」

「まさか三会長達が争うなど……想像出来ませんでした。裏の顔を知っているからこそ特にですね」

会長達はかなり仲がいいもんね、一般生徒達は知らないけれど。

「ま、何で争ってるかは知らないけれど、このチャンスを逃す訳にはいかないぴょん。ラウレッタちゃん、段取りは？」

「滞りなく………」

「後は私次第ね」

「大丈夫ですかぁ？　以前なんか変な蛙《かえる》の置物に感動して失敗したことがありましたよね？　しかも後で譲ってもらってたし」

「アレの素晴らしさが分からないぴょん!?」

「分かりませんよ。その件でちょっと不安な事もあるんですよね」

「大丈夫だぴょん。大船に乗ったつもりで待ってて。ふふふ、にゃはははははは！

楽しみだぴょん♪」

これがきっかけで私も彼らの助けに……なればいいんだけど。

作戦決行は明日だ。

▶
»
«
CONFIG

五章　まばゆい黄金の猫、ピカ彦

Magical Explorer

Reincarnated as a Eroge Hero's Friend, I'll live freely with my
Eroge knowledge.

生徒会室に入室することは、三会のメンバーであればたやすいことだ。

月宮殿に入る際にツクヨミトラベラーの開示や学生証等が必要になるものの、それだけ。

つまり三会メンバーはいつでも自由に立ち入り出来る。

だけど唯一例外として簡単に入室できる者もいる。私である。

「新聞部さまさまだよねぇ」

月宮殿から生徒会室まで正攻法で入室したが問題はない。生徒会のメンバーがいると作戦決行出来なかったが、生徒集会という生徒会がいなくなるタイミングを狙って突入した。

抜かりなしだ。

『部長、会長が話し始めました。急いでください』

無線でラウレッタちゃんの声が聞こえる。

「ふっふっふ。任せるぴょん」

生徒集会で生徒会長のスピーチは簡潔でかなり早く終わってしまう。

それは学園長である花邑毬乃《はなむらまりの》が長いスピーチが嫌いと明言していることが影響していると思う。

短い話を聞かされるのは一般生徒からすれば良いことかもしれないが、今の私からすれば都合の悪いことだ。

「まあそんな事はいっか。ええと怪しい場所っと」

と私はそれらしき場所を探す。

モニカ会長達が隠す秘密が月宮殿にあることは分かっていた。それらの情報は主に盗聴しやすかった式部会や風紀会から得ている。

「皆いっつも言葉を濁すから何を隠しているか分からなかったんだよねぇ」

三会の三年だけが時折集まり何かをしていたのは間違いない。数時間以上月宮殿から出てこないという事もあった。長いときは一日以上である。

そして特に怪しい場所と踏んでいたのは生徒会が管理している部屋だ。

私が唯一調べられなかった場所でもある。

本来ならあの手この手で情報収集したかったのだが、それはハンゾウという個人の存在によって不可能だった。

彼は私と同じく忍者であり諜報《ちょうほう》能力や罠《わな》探知能力に優れている。もしドアの側で聞き耳を立てたら気配で発見されそうだし、盗聴器のような物を仕掛けたとしても彼なら見つけてしまう可能性は高いだろう。

だから今回は前もって調べたい場所をいくつかリストアップし、そこを調べるつもりだった。

「うーん生徒会長の机には何もないか。何かしらのメモとかがあっても良いと思ったんだけどね」

彼女の机および生徒会室はとても整理整頓されていた。綺麗《きれいず》好きのフラン副会長がいるからだろうか。とても探しやすかったがこの机には何もない。

「ハンゾウが隠してたらちょっとやっかいなんだよねぇ」

彼なら解錠、罠探知、索敵といった盗賊スキルは、この学園において私と同等のトップクラス。なら隠すことも得意であるに違いない。しているところを見たことないから本当かは知らんけど。

「ラウレッタちゃん、見つからなかった」

『分かりました、一応想定内ですね』

「そうだね、フラランがよくいる場所に仕掛けるとも思えないしね」

フラン副会長は秘密を知らないと踏んでいた。わざわざ彼女がよく利用する部屋で隠し事をするかと問われれば疑問だ。私ならそんな事はしない。

『ずっと思ってましたけど、フラン副会長のあだ名はおかしくありませんか？』

「ないよ！　あだ名なんかどうでも良《い》いよ。ちゃっちゃと次の部屋に行こうかなーっと。次が本命なんだよね」

月宮殿には三会がそれぞれ何部屋か利用出来るように割り振られている。

私が怪しいと踏んでいたのはこっち。生徒会が基本管理しているが式部会、風紀会も利用するこの部屋だ。

見た目普通の部屋かと思っていたんだけど、なぜかハンゾウが目を光らせていたんだよね。ななみんとかカトリナちゃんも多分何かを察してると思う。あの二人は本当に盗賊としてのセンスがある。

またあの場所ではアネモーヌやベニート卿も見かける。でも今はケンカしてるしわざわざ行かないでしょ。ほんとケンカ様々。

と部屋に移動しようとして私はある物に気がついた。

「ああっ！」

『どうかしたんですか？』

「ごめん、ラウレッタちゃん。ちょっとすごいの見つけちゃったから一旦切るね！　三、いや五分だけ待って」

『えっ⁉　ちょっと、どうしたんですか？』

私は無線を切るとそれを見る。

ああ、見つけてしまった。

神棚、和国の一般家庭ではよくある、神をまつる場所の上にそれはあった。あってしまった。

「これは…………！」

それは黄金の招き猫だった。

あの異端児、瀧音幸助《たきおとこうすけ》ことたっきーが入手したというレアアイテムである。それはアイテムドロップ率アップという、信じがたい能力を持ったアイテムでもある。

売れば一生どころか数回の人生を遊んで暮らせるぐらいの価値がありそうな物だ。

だがそんな事はどうでも良い。アイテムドロップよりも金よりも、もっと、もっともっともっともっとアレには重要な事がある！

「なんて……かわいいんだぴょん！」

見た目が良い‼‼

効果なんか知ったことではない。アイテムドロップ率アップなんてなくったたって良い。その見た目が私を、世界を、すべてを虜《とりこ》にする。

うらやましくなる黄金の肌、見てると恥ずかしくなる曲線美、恐れ多い手の角度、なで回したくなる頭、頭に載せてサメに頭突きしたくなる小判。

最高にべりぃきゅーとでありながら超絶びゅーてぃふるで圧巻くぅーるなご尊顔だ。

一目惚《ひとめぼ》れした。

今まで生きてきた中でこんな心躍ることがあっただろうか？　ベニートが奢《おご》ってくれた高級寿司《ずし》やA5高級和牛なんかよりも遥《はる》かに心がときめく。あれらは口の中でとろけたのだが、これは脳から足の先までとろけそうだ。

なんて素敵な招き猫、ん？　招き猫？

なんて失礼な。こんなかわいい子に名前がないのはおかしい。だから命名しよう。彼に合った最高の名前を考えなければならない。

可愛さとかっこよさを兼ね備えた名前。ええと……ピカ彦。うんピカ彦だ！

「今日から君はピカ彦だ！」

じっとそれを見ているとよだれが垂れてくる。

まずい。前歯がうずく。

強い衝動が襲ってくる。ああ、噛みつきたい。いつもそうだ、とても気に入った物があると噛みつきたくなる。ピカ彦をカミカミしてガリガリしてゴリゴリしたい。

軽くほんのちょっと舐《な》めるだけでも。

いややっぱり噛みたい。先端の耳の先っちょだけ噛むのは駄目だろうか。ほらピカ彦だって噛みつかれたがっている！

普段なら抑えられるのに今はこの衝動を抑えられない。

「す、少しだけなら………」

震える手を伸ばしそれを手に取る。

それはその体からは想像してなかった重さだった。

「お、重いっっっ、まさか、まさかまさかまさかの純金製⁉」

この重さはそうとしか考えられない。私はゆっくりピカ彦を自分の方へ。

その途中、何か御札《おふだ》のような物が破れたような気がするけれど、そんなのはどうでもいい。

「ピカ彦ってば、すっごくしっとりしてるし、すべすべじゃ～ん！」

私はピカ彦をまじまじと見る。私には聞こえる、一生お友達だよって。なんて優しい子なんだ。でも私はお友達なんかじゃ我慢できない！

こくりとつばを飲み込む。

少しだけ口を開けピカ彦を近づけていく。ピカ彦も多分嬉しいだろう。こんな美少女兎《うさぎ》に噛《か》まれるだなんて。

神棚から不思議な光が漏れたのはそんな時だった。

ピカ彦を抱きしめながら神棚を見つめる。

「な、なになになになに～⁉」

生き霊みたいなのがいっぱい出てきてる⁉

「こ、これはちょーっとばかしやばいかも」

と、とりあえずなんとかしないと。原因は……あの破れた御札かな？　何であんなにビリビリになってるのかな？

のりでくっつけたら元通り、なわけないよね？

どうしようか考えても一向に現状は良くならない。むしろなんか人の顔みたいなのが浮かんでいるような？

私でなんとか出来る、タイプじゃ無い。アレは古代語で書かれている封印だから再封印は無理そう。古代語についてはむしろ私よりラウレッタちゃんの方が。

でも怒られるよね……。

いや覚悟を決めよう。とりあえず無線をつなぐ。

『部長、どうしましたか？』

「ラウレッタちゃん、なんか呪怨みたいなのいっぱい出てるんだけどー！」

『えっ!?』

私が助けを呼んで十分ほどで彼女は現れた。

「ラウレッタちゃん、来てくれたの？　たすかったぁー!!」

息を切らしながら現れた彼女は神棚の様子と私の側にあったピカ彦を見て顔を手で覆う。

それだけで私が何をしたのか察したのだろう。

「何してるんですか部長！　そんな物拾ってないで任務を遂行してください！」

バレたら怒られる、そう思っていたがやっぱり怒られた。

「だってピカ彦が」

と言ってみるも彼女はため息をつく。

「使ったり売りたくなる気持ちは分かりますが、もっと優先するべき事がありますよね。

色々と計画が崩れたんですよ!?」

「使うだなんてそんな、嚙みたいとは思ったけど……」

「はい？」

「ごめん」

「……はぁ、それでどういう状態なんですか？」

「うーん。なんか多少落ち着いたっぽくて……たまに呪怨が出るくらい？」

あ、今でた。ラウレッタちゃんはとても嫌そうな顔をしながら神棚に向かって歩き出す。

「まあともかく神棚を確認します」

そう言って彼女は神棚をのぞき込む。そして御札のあった所に手を伸ばす。

「もしこれがバレてセキュリティ強化されたらどうすればいいの？　ハンゾウのせいでチャンスはほとんど無いっていうのに……あれ、コレって」

シュルシュルと何かをほどく音が聞こえる。そして彼女はそれを広げて読み始めた。

「え、嘘でしょ？」

何かを見つけたようでブツブツとつぶやく。

「本当に？　え？　まさかこんなところに!?」

彼女は時たま漏れる呪怨など気にした様子はなくなり、無我夢中でその神棚を調べはじめた。

「アマテラスにあった、ならツクヨミにも？　可能性は、ある」

なんてブツブツつぶやいていたかと思いきや、彼女は急に笑い出す。

それもいつもより一オクターブ高い、今まで聞いたことがないような声で笑い始めた。

「ど、どうしたのラウレッタちゃん？」

「今回の件が失敗したら強硬策に出るのも良いと思ってたけれど、まさかね。行くならすぐが良い。ちょうど別の計画で人を集めていたけど、利用出来る」

「え、ラウレッタちゃん？」

「招き猫を見たときは終わったと思いましたけど、意外に良い結果になるかもしれないですね」

「え？」

ラウレッタちゃんは笑顔で私を見る。手には巻物のような物を持っていた。

「ありがとうございます、部長。大金星ですよ」

「ん、んんっ⁉」

「そうだ、部長。ちょっと時間稼ぎしてもらえませんか？」

「え、え？」

私は混乱してどうすれば良いかわからない。私があたふたしているとラウレッタちゃんはこちらに近づいてくる。

「まあ、許可無くとも勝手にするんですけどね」

その言葉と同時に強い眠気に襲われる。これはラウレッタちゃんの魔法か。

「は、らう……れ………った、ちゃん」

それと同時に後頭部に強い衝撃が走る。

「ごめんなさい部長」

薄れゆく意識の中でラウレッタちゃんはそう言った。

―瀧音視点―

想定外だった。

リュディが生徒会、風紀会に入会している場合に発生するイベントがある。それは新聞部ラウレッタ副部長率いる邪神教信者がリュディを攫《さら》おうとするのだ。

ただ新聞部全体が悪かと言われればそうではない。そもそも新聞部部長はラウレッタに手のひらで踊らされていた。基本被害者だが見方によってはアイヴィ《アイヴィ》にも少し悪いところがあるから、自業自得な展開だと言っても良いか。

「リュディ様の方は問題ないようです……」

ななみが俺の横で報告してくれる。

「そうか、ありがとう……とりあえず現場に行こうかな」

新聞部部長は三会の秘密を握る事までは既定路線だった。その後モニカ会長、ステフ聖女、ベニート卿《きょう》含む三会メンバーを集め脅迫っぽい事をするのだが、その最中に新聞部ラウレッタ率いる邪神教信者達が行動を起こす予定だった。

学園に潜んでいる邪神教信者達は魔法を使った喧嘩《けんか》をするのだ。生徒の喧嘩は基本的に風紀会が対処する。風紀会はアイヴィの件があるから最低限のメンバーだけを送り出すのだが、それに一年生であるリュディが選ばれる。もし生徒会にリュディが入会していたらまたちょっと展開が違うのだが大筋は同じだ。

そこで隠れていたメンバー達に囲まれてリュディがピンチ、となるはずだった。俺はその対策としてリュディに邪神教信者が近づいていること、そして先輩にリュディが危険にさらされる可能性があることを伝えていた。自分も行動を起こす予定だった。

しかしそれ以前の問題だった。

「なんで捕獲されてるんだよ………？」

蓋を開けてみれば三会の秘密を知っているはずのアイヴィが捕獲されたというではないか。しかもなぜか拘束された状態で発見されたらしい。

ただリュディや先輩もその現場に今いるらしい。

まあリュディが無事ならアイヴィが捕まるのはどうでもいいといえばどうでもいい。だが懸念もある。

邪神教だ。

本来ならば行動を起こすはずの邪神教が行動を起こせないとなると、一体彼らは何をするんだ？

「ななみはラウレッタを監視していてくれないか？」

「承知しました」

新聞部のラウレッタが邪神教信者であることは事前に知っていたから、捕まえようと思えばすぐに捕まえることが出来た。

しかし逆に捕まえてしまうと今回行動する予定だった邪神教信者のモブがあぶり出せなくなってしまうし、彼らが次何をしでかすか分からなくなってしまう。

だから多少泳がせて一気に捕縛するのが良いと思ったのだが。

「うまくいかないな……」

まずは話を聞いた方が良い。とりあえずいまは生徒会室へ行こう。

俺が部屋に入るとそこにはすでに主要なメンバーが揃っていた。

会長、副会長、伊織《いおり》。聖女、先輩、リュディ、ベニート卿《きょう》、紫苑《しおん》さん、アネモーヌ。そしてアニメでしか見たことがないようなロープぐるぐる巻きで逆さづりにされたアイヴィ。

「いや、待ってないよ。わざわざすまないね」

そう言うのはベニート卿だ。

「いえ。それでアイヴィさんが捕まったって事は聞いたんですけど、何があったんですか？」

とグルグル巻きにされたアイヴィを見つめる。また彼女の横には紫色の液体が入ったフラスコを近づけて遊んでいるアネモーヌがいた。

「これよ」

モニカ会長はそう言うとテーブルの上に置いてあったアイテム『黄金の招き猫』を見た。

「え？　黄金の招き猫？」

「アイヴィさんはこれを盗もうとしたらしいわよ？」

リュディがモニカ会長の言葉を補足する。そうなのか。でもアレって。

「フラン副会長に預けたやつですよね」

「それです。御利益がありそうなので、神棚に置いておいたのですが……すみません」

「フラン副会長が謝ることはないですよ、悪いのは盗もうとしたアイヴィさんですし」

チラリとアイヴィを見ると彼女は身をよじってフラスコから逃げようとしていた。なんでも一週間蒸らし続けた靴下を腐らせたような匂いがするらしい。ヤバイ。

「あれ、皆が使えるように話したような？」

黄金の招き猫を独占するつもりはなかった。

だからこそフラン副会長に頼んで皆が使える場所に置いてもらったのだが、ツクヨミを祀っている神棚に置いていたのか。

「売れば大金になるからじゃろ？」

と言うのは紫苑さんだ。確かに。アイヴィはゲーム内でお金が好きなキャラである。生まれが貧乏であるから、売ることを思いついても不思議ではない。ゲームでは盗むそぶりとかもなかったんだけど。

「入手方法はアレだったけど、確かに効果はすごいものね。値段は想像出来ないわ」

リュディが思い出したくないことを言う。入手方法については触れるべきではない。

「ちっちっちっ、リュディちゃんはまだまだだね」

吊《つる》されていたのにどうやってここまで来たのだろう、いつの間にかアイヴィは地面を転がっていた。転がりながら笑うアネモーヌから逃げる。いつの間にかアネモーヌの手には刀身がピンク色のダガーが握られていた。

「効果？　そんなのはどうでも良いぴょん!!　あんなピカピカで愛くるしい物を見たらどうしても欲しくなるぴょん！」

そう言われて俺は黄金の招き猫をじっくり見つめる。

目線を外し深呼吸する。頭にお花畑を思い浮かべて一旦思考をリセットだ。さてもう一度見てみよう。

「小賢《こざか》しいというか憎たらしい顔をしているような？」

「っぁあああああ！　たっきーは言ってはいけないことを言った。言ってしまったぴょん!!」

成金が好きそうな傲慢さはあるけれど、愛嬌《あいきょう》は感じられないような？

「趣味が悪いのう」

「趣味が悪いわね」

「趣味が悪いですわ」

紫苑さんどころか聖女にすらバッサリと言われている。あ、いつの間にかギャビーも来てたのか。

まあ、そんな事はどうでもいいんだ。

「何でコレ盗もうとしたんだろう？　以前三会の秘密知らないかって声かけてきたから、てっきり三会の秘密を探りに来たのかと思ったんだが」

と俺が何気なく言うとアイヴィはビクリと体が反応した。

「ぎぃくぅっっ!!」

もはや口に出ていた。

「…………………」

無言で近寄るモニカ生徒会長。彼女は芋虫のように体をくねくねさせこの場から脱出しようとするが、もちろん逃げられるわけもなく。

「それ、どこで聞いたの？　どこまで知ってるの？」

簡単に彼女は捕まってしまう。いやもう捕まっているのだが。

「ふっふっふ。特大ネタを話すとお思いですか⁉」

縛られているのになぜか勝ち誇った笑みを浮かべるアイヴィ。しかしモニカ会長の周りに陽炎《かげろう》のような魔力が浮かんでくると、アイヴィはすぐさま身を翻し地面に頭をこすりつけた。

「盗聴していました！」

「普通に犯罪ですね」

あきれた様子でため息をつくフラン副会長。

「それで、どこまで知っているの？」

「いやーそれがこれっぽっちも分からなかったんだよねー。月宮殿に何かがあるのを突き止めて！　なんか会長達がよく行く怪しい場所があるから、それを確かめようなんて思っていません！」

「思っていたのね」

リュディが言う。

その話を聞いていたベニート卿はアイヴィとモニカ会長の間に立つ。

「モニカ、アイヴィの事はここまでにしておこう。彼女も反省しているだろうし。それにそろそろ潮時だ。話すのにちょうど良い機会だと思わないか？」

「ベニート、もしかして貴方《あなた》がこの子《アイヴィ》を焚《た》きつけたの？」

「そんな事はしていないよ。そんな事をさせるくらいなら僕は普通に打ち明けるさ」

「まあ貴方ならそうしそうね」

「だからどうだい？　今話してしまうってのは」

ベニート卿がそう言うとモニカ会長は大きくため息をついた。

「……それ、今ここで言うことかしら？」

「今だからこそ話すんだよ。ここには皆がいる。瀧音君だっている」

「そうね。こうなってしまった以上、話しても良いかもしれないわ」

同意するのはステフ聖女だった。援護を得たベニート卿は話を続ける。

「モニカが他の生徒の事を考えているのは知っている。でも――」

「知っているなら私の行動は理解出来るでしょう？」

ベニート卿の話にモニカ会長は自分の言葉をかぶせる。

「ああ理解出来る。でもそれ以上にもっと可能性を広げるべきだ。瀧音君や伊織君はその鍵になると僕は思っている」

「それで何か起こってしまったらどうするの？　怪我《けが》をした彼女の事を忘れたの⁉」

「分かっているさ。だけど話を伝えた後は自由参加で自己責任だ。彼女は自己責任ということになる」

「あきれたわ、本当にそう思っているの？」

「彼女はリスクを承知でそうした。僕やアネモーヌもそうだ。モニカ、君だってそうだろう」

モニカ会長は俺を見る。そして深く重いため息をついた。

「僕はね、モニカ。君なら出来ると思っていた。でも知れば知るほどそれがどれだけ困難か分かった。だから早すぎても良いくらいだと思う」

モニカ会長はアイヴィとベニート卿《きょう》に背を向け椅子に座る。

重い沈黙が辺りに漂う。誰も言葉を発さない中、地面に転がっている彼女が「あのー」と声を出す。

「自分でも場違いかなって思うんだけど、良いかな？　そろそろ外してほしいなーって、これ」

そう言って彼女は芋虫のようにもぞもぞと動く。

「ああ、そうだったね」

とベニート卿は剣を取り出し彼女のロープを切る。

「助かったーありがとうベニート。全くラウレッタちゃんったらこっち来たのにどこかに行っちゃうし」

「こっちに来たのに、どこかへ行った？」

と俺の中で疑問が浮かぶ。彼女がここまで来たのにどっかいった？

何しに来たんだ？

「そうなの!!　全くひどいよね。あの子私を眠らせてロープで簀巻《すま》きにしてどこかへ行っちゃったのよ。気がついたらこの部屋にいて、アネモーヌが変なフラスコ近づけてるし」

「私は面白そうな兎《うさぎ》が転がっていたからね。聞いてみたら招き猫を盗んだって言うから遊んでたんだよね」

「招き猫はあまりにもかわいくて手に取っただけぴょん。本当は三会の秘密を探りに来たのに」

「なるほどね。三会の秘密を探りに来たと話せないから、招き猫盗みにきたと言ったんだね」

伊織が納得する。

イベントはしっかり進行してたっぽいな。そこでやらかしたと。

「あれ、どうしてラウレッタちゃんはピカ彦を置いてったんだろう？　私がいた場所も移動させて。やっぱ少しでも三会の秘密を探ってるってばらしたくなかったのかな？」

アイヴィは黄金の招き猫を見てそう言った。ピカ彦って何だよ、ん？　まて、なんか重要な事言ってなかったか？

「ちょっと待ってください、ええと、まず前提から。ラウレッタさんが来たって言ってましたよね。彼女とは何があったんですか？」

「ピカ彦を取ったときになんか御札《おふだ》みたいなの破いちゃったんだよね。それって大丈夫か確認するためにラウレッタちゃんを呼んだんだけど、来てから何か思いついたのかどっか行った」

「ラウレッタが、何か思いついた⁉」

え？　もしかしてリュディを攫《さら》う計画を思いついた？　いやここにリュディいるし、かわいい顔で俺見てるし。

「どうしたのたっきー？　あ、彼女を自分の陣営に引き込もうとしてるんでしょ？　残念ながら新聞部の大切なメンバーだからね！」

いや、そんな事はどうでも良いんだ。もっと重要な事がある。

「それでラウレッタはどこへ行ったんですか？　何を思いついたんですか？」

「わっかんないんだなーそれが！」

いや、ちょっとマジでふざけてる場合じゃないんだが。ただ学園内で風紀会が出動するような事件は今のところ起きていない。

邪神教は何も起こしていない？

じゃあ、一体どこに行って何をしてるんだ？

「私も知りたいよぉ、ほんと神棚を見てから変になって私を眠らせて簀巻きにしたみたいだし……」

「神棚？」

まて神棚？

神棚を見てどこかへ行く？　神棚がイベントに関係することで何かあっただろうか？

…………ある。あるけれどこんなところで起こされるイベントではないし、邪神教が見つけるんじゃなくて伊織が……。

まてよ、それがもし邪神教に知られたらかなりまずいことじゃないか？

ラウレッタがそれを見てどこかへ行ったというなら、何かを察した？

「……フラン副会長。その神棚のところを一緒に見てもらえませんか⁉」

「え、ええ」

俺がフラン副会長と一緒に部屋を出ようとしたタイミングでツクヨミトラベラーにメッセージがくる。

それはななみからだった。

『ご主人様、ラウレッタは幾人かとツクヨミ学園ダンジョンへ行ったようです』

六章　想定外の状況

Magical Explorer

Reincarnated as a Eroge Hero's Friend, I'll live freely with my Eroge knowledge.

どうしてこうなった。

思わず頭を抱える。神棚にあった封印は多分解かれている。俺はこういった封印なんてさっぱり分からないが、奥にある御札がビッリビリに破れている上に、しめ縄についているような白いギザギザの紙（幣束）が一枚真っ黒になっている。しかもなんか一部の木にはヒビすら入っている。

俺はその破れた御札が張られていた壁に手を伸ばす。

ホログラムだ。しかし伸ばした手の先には何も無い。

封印は解かれた。この神棚に封印されていたはずの巻物も抜き取られている。しかも見た相手が最悪の最悪で、新聞部副部長ラウレッタという邪神教信者と来た。

怒濤（どとう）の展開に頭がついていかない。すべてが悪い方向にいかなければこんなことは起きえないだろう。

「申し訳ございません」

急に謝られ俺はそちらを向く。副会長は俺の様子を見てとんでもないことをしてしまったと思っているらしい。

「いえ、副会長が悪い点は見当たりません、謝らないでください」

「………てっきりレプリカの神棚かと」

「普通にそう思いますよね。自分だってこの事を忘れてました」

まだ先のイベントだし、そもそも自分が行動しないとほぼ発生しないイベントだと思っていた。

「とりあえず皆のところに戻りましょう」

何かをするにしてもまずは情報整理だ。ななみとも合流したいし。

それから皆が集まる部屋に戻ると先ほどよりも人が増えていた。カトリナ達もいる。

「あっ瀧音《たきおと》さん！　待ってました。早く、こっち来てください」

嬉《うれ》しそうに俺を呼ぶのは結花《ゆいか》だった。隣に伊織《いおり》とアネモーヌがいることから察するに、エッロサイエンティストをなすりつける相手が来たことで喜んでいるのだろう。

「結花も来たのか……あれ会長は？」

「通話してますよ、何でも学園長から連絡が来たとか」

と結花が視線を向ける。

「それは本当ですか？」

モニカ会長はツクヨミトラベラーで何かを話している。隣ではベニート卿《きょう》が難しい顔で腕組みをしている。

通話が終わると室内の全員が会長に視線を向ける。

「学園長から連絡があったわ。なんでもツクヨミ学園ダンジョンの様子がおかしいって。階層に合わない強力な敵が出現しているそうよ」

「え、ツクヨミ学園ダンジョンに⁉」

伊織が驚いた声を上げる。

「それで教師の一部がすでに対応に向かっているけれど、三会も出てほしいと依頼がありました」

「ほ、これだけメンツがいれば手分けしていけそうじゃの」

紫苑《しおん》さんの言葉にフラン副会長が頷いた。

「そうですね。しかしなぜこんなことに？　原因は一体何なのでしょう」

「元凶をなんとかしないと解決しなそうな気がするよね」

伊織がフラン副会長の言葉を聞いてそう言った。

なぜモンスターが出現してしまったか。それはゲームでは簡単に分かることだ。なぜなら伊織が事を起こした時に、攻略のヒントとなるアイテムを入手したりするから。

しかしそのヒントを知っているのはラウレッタだ。そのため今何が起きているかをしっかり把握しているのは多分俺とラウレッタだけ。もしかしたら桜《さくら》さんなんかも知っているかもしれないが。

まずは俺が何が起きてるかを話さなければならないが……どう話すのが良いか。

一応何かあってもいいように予防線を張っておこうか。

俺はツクヨミトラベラーを取り出し、毬乃《まりの》さんへメッセージを送る。そして送信完了されたときに肩をたたかれた。

それは結花だった。

「あのぉー瀧音さん、ちょーっと疑問なんですけど」

「なんだ？」

「今ってダンジョンに誰かいるんですかね？」

それは俺も気になっていたことだ。

生徒集会でほとんどの学生は学園にいるだろう。こんな時にダンジョンへ行くなんて俺のようなごくごく一部の生徒だけだ。

もしかしたらゼロかもしれない。

「……いるのかもしれないな」

「そうですか、そうですよね。見つけたら助けないといけませんね。もしいないなら……いないで良いんですけど、毬乃さんは何でって思っちゃうんですよね。こんなこと瀧音さんには言わない方が良いかもしれないんですけど、聞いておいた方が良いかなって」

彼女は言いたいことを濁していたが、しっかり伝わった。

俺も疑問だったから。

もし誰もダンジョンにいないなら、なぜ毬乃さんは強力なモンスターが出現したことをいち早く知ったのかが疑問なのだろう。

なぜ結花は俺に言うのか。もしかしたら彼女は俺が知っているのかと思ったのではなかろうか。ここ最近の俺はやり過ぎな事が多い。普通は知らないことを知っているから。『もしかしたら瀧音さんなら知っている可能性がある』と思われても仕方ない。それに今回は家族《毬乃さん》の事でもあるから、より可能性が高いと思ったのか。

「すみません忘れてください。まったく私ったら何言ってるんですかね、あはは」

「いや、すごく良い視点だと思う。俺も疑問だったんだ」

正直俺は誰もダンジョンにいないと思っている。だから。

「だから直接聞こうと思ってた。同席しても良いんだが、九割方話を流される覚悟をしてほしい」

と俺が言うと一人の女性が近づいてきた。

「ふふん〜なるほどなるほど、慧眼《けいがん》だね」

それはアネモーヌだった。

「アネモーヌさん？　聞いてたんですか？」

「面白い話が耳に入ったからね、すまない。ははは」

笑っている彼女に反省は見えない。まあ俺らは怒ってないんだけど。

「……さて。私はね、この学園で過ごしていると時たま……時たまだよ？　不意に深淵《しんえん》の一端に足を踏み入れている気分になるんだ。深淵の中で深淵を使って自分が気がつかないうちに深淵に染まっていくような、ね」

ほとんどの学生は抽象的すぎてその言葉にピンとこないだろう。だけど結花は頷いた。

彼女もアネモーヌと同じように何か思うことがあるのだろう。

俺は多分深淵を知っていると思う。マジカル★エクスプローラーというゲームの知識で。

だがゲームをしていたとしても、その深淵のすべてを知っているとは到底思えなかった。

毬乃さんのことしかり、ななみのことしかり、学園の事しかり。

「ああ、深淵とは教師と生徒の恋愛の隠喩ではないよ。それは二人ほど知ってるけどね」

とアネモーヌは話を変える。このまま抽象的な話をしたところでこれ以上有用な話をすることは出来ないだろう。俺は乗っかることにした。

「……それもある意味深淵なような気がするんですけどね」

ん？　そうは言ってみたけど、別にこの世界ではセーフか。ルイージャ先生も一応サブヒロインだし。一応日本でも両方十八歳以上だからセーフではあるんだよな。高校はアウトどころかゲームセットだが。

ニヤニヤしながらじっと俺を見るアネモーヌ。

ああ、なるほど。

多分だけど俺とルイージャ先生で一人分カウントしてるような気がするな。スルーしよう。

「まあ瀧音さん自体が深淵な気がしますけど」

「ご主人様ならそうですね」

いきなり声が聞こえて俺は横に飛ぶ。

「おわっ！　ななみか。いつ来たんだ？」

いつの間にか俺の横にいるななみ、マジで盗賊スキル上がってる。すでに隠密《おんみつ》はアイヴィさんクラスじゃないか？　さすがにそこまではないか。

「ご主人様がななみの自慢を始めた辺りですかね、恥ずかしいです」

してねぇぞ！

「違う時空の話を聞いたのかな？　まあ自慢のメイドではあるけれど」

「あーはいはい。メイごしゅ漫才はいいんで」

夫婦漫才みたいに言うじゃないか。まあそんな事より。

「それで、どうだった？」

「ご主人様の予想通りかと」

「……モニカ会長達に伝えないとな」

でもその前に。

「アイヴィさん」

「ビクゥ！　なんだいたっきー。ナンパには応じないよ！」

「いえ、大丈夫かなと思って」

「何の事かな？　アイヴィは捕まっちゃったぴょん。でも元気だよ？」

「気をしっかり持ってくださいね」

俺はそう言ってモニカ会長達に話しかける。

「毬乃さんにはつい先ほど報告しましたが、何が起こっているか分かりました」

「そう、教えて瀧音君」

「簡潔に言うと邪神の封印を解くアイテムを取りにツクヨミ学園ダンジョンへ向かっていると思います」

「はぁっっ!?」

「ええっ？」

幾人かの驚く声が聞こえる。

モニカ会長はため息をつきながら右手で頭を押さえた。

「どういうこと？」

「実はこのツクヨミ魔法学園には邪神の封印を解除するためのアイテムが存在しています。八咫鏡《やた》と言うモノです」

「そんなモノが実在するのかの？　邪神の存在もてっきり邪神教の戯《ざ》れ言《ごと》じゃと思うとった」

「いえ、邪神は存在します。封印もされています。それは花邑《はなむら》家だけでなく法国、皇国といった歴史ある国々も認めています」

特に法国は絵本になっているぐらいだ。初代聖女とともに。

「まあまあ、今は邪神の存在を追求するよりも優先しなければならないことがあると思うんだけど」

そう言うのはベニート卿《きょう》だ。

「そうだよ。邪神教について話すのも必要かもしれないけど、モンスターが出現したのならすぐに対処しないと」

ベニート卿の言葉に伊織が同調する。

それを聞いたアネモーヌは「私には気になることがある」と話を切り出した。

「なあ瀧音君。わざわざ邪神の封印を解くためのアイテムがあることを話すだなんて、まるで今回の事件に関係があると言いたげだね」

「その通りです。ほぼ確実に邪神教が関係しているでしょう。なぜなら……」

俺はアイヴィをチラリと見る。彼女は表情に出してないが結構精神的につらそうだ。

彼女は分かっているのだろう。はっきり言うことで彼女に深いダメージを与えるかもしれない。話さないですむことなら話したくない。

でも話さなければならない。このまま放置するのは危険だ。

「あの神棚には邪神の封印を解くためのアイテム『八咫鏡』を入手するために必要な巻物がありました」

「え、あの神棚に!?」

伊織が驚いた様子で声を上げる。

「ただ八咫鏡一つでは封印は解けません、しかし取られるのはまずい。そして犯人は……」

俺の言葉を引き継いだのは先輩だった。

「なるほど、あの神棚にそんな物があった。それでそこにいた一人の女性がアイヴィ部長を縛りその場から去った………」

先輩がそう話しながらアイヴィの事を見る。まもなく全員がアイヴィを見た。

「先輩の想像の通り、犯人は新聞部のラウレッタ副部長です」

「まって、幸助《こうすけ》。邪神の封印を解除するアイテムを欲するって事はやっぱり彼女は」

リュディの言葉に俺は頷《うなず》く。

「ああ、彼女は邪神教だ。実は前々から怪しいと踏んでいて今日はななみに追跡をしてもらったんだが、どうやらツクヨミ学園ダンジョンへ入っていったらしい。八咫鏡があるダンジョンに」

「……答え合わせはできてるようじゃの」

「瀧音君、待ってください。邪神教に関しては分かりました。では強力なモンスターが出現したこととどういう関係があるのですか？」

フラン副会長はそう言った。

「それは八咫鏡を守るための機能です。例えば宝箱には取られないように罠《わな》があったり守護するモンスターがいますよね」

それと同じだ。

「今回の場合だと八咫鏡を入手するための巻物を持ってツクヨミ学園ダンジョンへ行くと

その階層で普段出現しない強いモンスターが出るようになります」

まあアマテラス女学園の時と似ている。

「なるほど、八咫鏡を守るガーディアンってことね」

「モニカ会長のおっしゃる通りです。ただし巻物を持っていない人も攻撃されるようです
……そして場合によってはダンジョン外に出ることもあり得ます」

俺がそう言うと紫苑さんはため息をついた。

「そりゃ最悪じゃの」

「だから俺は提案します。式部会でラウレッタを追い、生徒会と風紀会でダンジョンに点在するガーディアン達を倒しましょう」

「式部会が追う理由は？」

モニカ会長は俺に問う。

「ラウレッタが神棚にあった巻物をすべて持って行ってしまったとしたら、自分以外に彼女を追えないでしょう。そして式部会は生徒を表立って守らない方がいい。色々と都合が良い」

「僕もそうしたいね」

そう話に入ってきたのはベ――ト卿《きょう》だった。

「新聞部は式部会の下部組織でもあるからね。尻拭いなら僕たちがやるべきだ」

モニカ会長は何かを考える。

「……そっちは任せるわ」

さあ準備してダンジョンへ行こう、となるはずだった。

しかし『ちょっと待ってほしい』と声が聞こえた。

「ねえたっきー」

そう言うのはアイヴィだった。

「私も行かせてほしい」

七章 アイヴィの過去

▶ » « CONFIG

Magical Explorer
Reincarnated as a Eroge Hero's Friend, I'll live freely with my Eroge knowledge.

「笑って過ごしなさい。笑って過ごすと幸せがよってくるの」

―アイヴィ視点―


小さかった頃、母がよくそう言っていたのを覚えている。

私は母の笑顔が好きだった。屈託なく無邪気に優しく笑う母を見ているだけで、なんだか私も楽しくなってくるような、そんな笑い方をする人だった。

そんな母は頭が良いわけではなかった。裕福でもなかったし、むしろ貧乏であった。

法国に住んでいることも関係しただろう。法国は人間至上主義的な考えがあり、全国家の中で一番獣人やエルフに厳しいと言われている国だったから。

そんな場所だから人間達からの風当たりはもちろん厳しい。

特別な技能もない禹《う》族の女性を雇ってくれる所もほとんど無かっただろう。だから母は苦労して仕事を探していた。そして働いても働いても貰える賃金が少なく、治安が悪かろうと私達はスラムに行かざるを得なかった。

家計が厳しくつらいことばかりであろうと母はいつだって笑顔で私に接してくれた。

もし父が生きていれば楽に生活が出来ていただろうか。父は私が生まれた頃に亡くなったらしいから。

そういったこともあって私は一般市民が住むところで金目の物を拾う生活を始めた。

スリの技術を覚えたのはその頃だった。

スラムの住人が、生きるために必要になるとのことで教えてくれた。

そのときの私は気がつかなかったが、どうやら才能があったらしい。簡単に他人から盗むことが出来たが、それをすると母に悲しい顔をされたので、それからはほとんどしなかった。

ただ貧乏な生活が続いたせいか金目のものに目がなくなってしまった。金色なんかは特に大好きだ。


天涯孤独になったのは十歳の頃である。

母の友人である人に仕事を紹介され、彼女は仕事に出かけた。

しかしその友人は母を騙《だま》し、結果母は体を壊し寝たきりになった。

母を騙したそいつは他にも何人かを騙し国外へ行ったらしい。私はそいつを罵倒した。

しかし母は罵倒しなかった。

そんな事もある、と寂しそうに笑っていた。

母を騙したアイツは私もかなりお世話になっていた人だった。だからこそ母はアイツを信じて仕事に行ったのだ。

私は一時期誰を信じて良いのか分からなくなってしまった。

そして誰も信じられなくなりそうだったときに、母は言った。

「騙したのも理由があったのよ。それにちゃんと素敵な人だって沢山いるのだから、その人達を信じなさい」

アイツをかばうような言葉だった。たしかに信じられる人はいる。スラムの仲間は動けない母を家まで運んでくれたり、ご飯をくれたり、回復魔法を使える人を連れてきたりしてくれた。

母が亡くなったとき、スラムの沢山の人が悲しんだことは、今でも覚えている。

「あの人の笑顔を見ていると元気が出るんだ」

「亡くなっただなんて、今も信じられない」

母が死んで一週間ぐらい経過して一人の男性が私を訪ねてきた。それは紺色のコートを着た男性だった。

私の生活は荒《すさ》んでいただろう。そのあたりの時期の記憶は凄《すご》くあいまいで、本当に一週間だったのかも確信が持てない。

彼は私にメッセージを見せた。

そこに書かれていたことを要約すると、私を学校に通わせたいから力を貸してほしいという内容だった。数年前に送られていた。

本来は一年後に来る予定だったが、母の死があったため早めに来たらしい。色々、本当に色々考えた結果、私は行くことにした。

スラムの人たちからはやめておけと言われたし、よそ者である彼を敵視する人もいた。

でも私はなぜか信じられそうな気がした。そのときの自分は全てが投げやりだった可能性もある。この時の記憶もあいまいで、はっきりとした記憶を持っているのは、彼と一緒に和国へ行った後だった。

彼に和国のとある里に連れられた私は、そこでいくつもの衝撃を受けた。

私はスラムの中で同年代では最強だった。

スピードでは負けることもなかったし、力は他の獣人に負けても、攻撃が当たらなければ大丈夫だった。

しかし私はその村で年下の子に負けてしまった。力もスピードも勝っているのに、技術で負けてしまった。

それはとても自分にいいように働いたと思う。

自分は弱いことを知り、勉強を始めるきっかけになったから。

何で私より年下なのに私より強く頭がいいのだ？　負けたくないという思いで修行をはじめ、また彼女は勉強もしているということで勉強も始めた。彼女に勝ちたくて始めた勉強だったが自分の知らない知識が増える楽しみもあって、私は勉強にはまった。

その間に学校にも行くようになり友達やライバルが増え、かなり明るくなったと思う。

私がハイテンションでよく笑うようになったのはそのころだろう。私が楽しそうに笑うと皆が笑う姿が見られた。

だから母は「笑って過ごしなさい。笑って過ごすと幸せがよってくるの」なんて言っていたんだなと思った。母の笑顔と性格がスラムの人たちを幸せにさせていたから、亡くなる間際にみんなが助けてくれて、亡くなった後は皆が涙してくれたのだと。

何年もの修行のおかげで私はめきめきと強くなった。

どうやら私には忍びの才能があったらしい。いつの間にかライバルの彼女を超えて強くなったし、忍術も簡単に使えた。

獣人の中でも魔力が高いことも良い方向に働いただろう。

やがて私は里で一番の才能と言われるまでになった。ほかの忍者の里にいる天才児と競わせたい、そう言われるくらいには。

それから私は何年か過ごし、進路を選択しなければならない年齢に達した。

私は更に強くなりたかったし、勉強もしたかった。だから進学は決まっていたがスサノオ武術学園かツクヨミ魔法学園かで悩んだ。

私が進路でツクヨミ魔法学園を選んだ理由の一つは、和国にある事だった。

自分が親しんだ国の一番レベルの高い学校だから。

また他の里にいる天才忍者がツクヨミ魔法学園に行くというのも一つの理由だった。彼、ハンゾウは噂《うわさ》通りとても強かった。

だけど一番の理由は私を連れてきた彼の母校であったことだ。私に忍術を教えてくれた彼には感謝してもしきれない。

とある日彼は私が学園に行く前に伝えたいことがあるとのことで呼び出した時のことだ。

「お前には弱点がある。まず金目のものに目がない」

それは仕方がないことだ。彼は金を持っていたにも拘《かか》わらず、ずっと質素な生活を強いてきた。だから金目のものを見ると思わず手が伸びてしまう。金色の物はとりあえず二度見する。

「またお前は計略が苦手だ。だから信じられると思った人が居るならば仕えるといいだろう。忍びとは仕えるものが居るほうが強くなれる」

自分でもなんとなくそれは分かる。私は確かに忍術が得意で身体能力がある。しかし頭が良いとは思わないし、決断力があるわけでも無い。

「この人だと思ったなら、すべてを捧《ささ》げて仕えるのも一つの道だろう。もしそんな人を見つけたら逃すでない」

私は頷いた。

「楽しんでこい」

私は彼にそう言われてツクコミ魔法学園に送り出された。

ベニート卿《きょう》は信じられる人の一人だった。

しかし初めは彼の事を忌避していた。彼は法国の貴族だったから。

まず法国の貴族といえば高圧的、獣人不遇であるからだ。しかし彼はそんな事は無かった。法国貴族の中で特に教皇達に近いとされる貴族の中の貴族『エヴァンジェリスタ家』であるはずなのに、私を差別することは無かった。

むしろ他の法国貴族に絡まれているときにかばってくれたほどだ。

実力、カリスマ性、美貌、知識、貴族とすべてが揃った彼はそれはそれは人気だった。

モニカと聖女と三人がそろい、これ以上無いキセキの年だとも言われた。

それから平穏な学生生活を送った。勉強してダンジョンへ行って、たまに遊んで。

新聞部に入ったきっかけは、彼が私に勧めたからだ。元々情報を集めるといったことは好きだったが、ここまで自分にマッチしているとは思わなかった。

新聞部の裏仕事を知ったのは、ベニートが式部会に入った後だった。

彼が入会したことは、立場が逆転するきっかけだった。

あれだけ慕われていた彼は生徒達と敵対する。そして私は表向き新聞部で彼の悪事を暴く役だ。

だから法国の貴族を含む一般生徒達側となり式部会《共通の敵》を倒すため団結した。そして裏では式部会の手助けをした。

私はドジだから何度も彼に助けられた。それにモニカ会長も優しく私を助けてくれた。

驚いたのはステファーニア聖女だ。彼女は人間至上主義の代表に近い立場なのに、私を助けてくれた。

かなりそっけなくだけど。

そういえば元はスラム出身だとか、保護施設の出身だという噂がスラムにはあったが、もしかしたら本当にそうだったのかもしれない。聞いたこと無いから分からないけど。

私は三人の力になりたい。もっともっと力になりたい。そう思ったのは二年生の頃からだった。

それをラウレッタちゃんに話すと、彼女は一つ案を出した。

「新聞部らしくネタで脅しましょう」

ラウレッタちゃんもとても優しい人だ。私のミスをぶつくさ言いながら正してくれるし、私のお願いはしっかり聞いてくれるし。

だから脅すという言葉が出たときは驚いたが、内容を聞いて納得した。

三会はナニカを隠している。部長はそれを知って三会を脅し、私も協力させなさいと言えばいい、協力させてくれないならばらすと。

ラウレッタちゃんは三会が何か隠していることを摑《つか》んでいた。私もなんとなく察していた。

またこっそり集まるメンバーから察するに、そのナニカに対応するためには実力者が必要なことも分かっていた。

私は戦闘や盗賊スキルに関しては自信がある。だから助けになれるはずだ。

そう思った。だからしっかり計画を練って、私は行動を開始した。

本当は、善意のつもりだった。

しでかしたことは、とても大きなミスだった。招き猫に目がくらみ私はミスを犯した。

多分だけどラウレッタちゃんは実は私を利用して三会を脅すネタを掴もうとしていたのだろう。

彼女はそれらしき事を言っていたから。

私は信頼している人に裏切られたのだ。まるでお母さんのように。


あ、やばい。


何度も目の前がチカチカしてあの時の事がフラッシュバックする。

私は裏切られたのだ。裏切られた。あああああぁぁぁ！

だめ、だめだめだめ、落ち着いて。

考えれば考えるほど怪しい点が出てくる。

またなぜ彼女が部長にならなかったのか、今なら分かる。部長よりも目立たないからだ。

そうだ、きっとそうだ。でもラウレッタちゃん。……ラウレッタちゃん。ラウレッタちゃん？

なんで？

ラウレッタちゃんが。

どうして？

私がミスしても徹夜で一緒に手伝って、一緒にダンジョンで強敵と戦って、一緒にご飯を食べて。

ラウレッタちゃんがどうして？

ねえどうして、どうしてなの？


「私も連れて行ってほしい」

私は瀧音幸助《たきおとこうすけ》に言った。

自分の中ではいろんな感情が渦を巻くようにごちゃごちゃになっているように思えた。

それは裏切られた悲しみであり、皆に迷惑をかけたという罪悪感ではないかと思う。

だけど同時に疑問もあった。

それを解決するには私が行くしか無いとも思った。

「今の貴方《あなた》は大丈夫なの？」

そう問うのは聖女だった。私は頷《うなず》く。

「そ」

彼女は私が行くのを賛成しなかった。しかし否定もしなかった。ただ軽く肩をたたいてたっきーを見つめた。

見つめられたたっきーはベニートに視線を向ける。式部会という立場上、彼の上司に確認を取りたかったのだろう。

「瀧音君が決めると良い」

ベニート卿《きょう》はそう言った。しかしたっきーが話す前にまあまあ、と声を出す人がいた。

「ちょっと待たないか」

そう言って話に交ざったのはアネモーヌである。

「彼女は本当に信頼できるのかい？　もしくは彼女がまだ踊らされているとは思わないのかい」

その言葉を聞いて私は愕然《がくぜん》とした。

私が秘密を握ろうとして忍び込んだ事に変わりはない。それにラウレッタちゃんでなくとも他の誰かの操り人形であることは否定できない。

何かを言わなければ、私はおいていかれるだろう。しかし何を言えば。ああ、どうすれば。

「大丈夫ですよ」

私が何かを言う前に、たっきーはそう返事する。

「へぇ」

「そもそもアネモーヌさんだって不安視してませんよね？」

「……………まあ、そうだね。じゃなきゃこの子で遊ばないで本気で人体実験していたし」

私はさっきの毒物らしき物を飲まされていたのだろうか……。アレは本当になんだったんだろう。ゴキブリを食べる方がまだ百倍マシだ。

「それに責任はベニート卿が取ってくれますよ。前も取ってくれるって言ってたし」

と瀧音幸助が言うとベニート卿は笑う。

「ははは、そこで僕か。ふふっ、しかたがないね。僕が取ろう」

「あらベニート君だけじゃ荷が重いでしょうし、私も取るわ」

とモニカ会長も続く。するとどうだろう、全員の視線がステフ聖女に向いた。しかしステフ聖女はしゃべらなかった。

口を開いたのは副隊長の雪音《ゆきね》ちゃんだった。

「ふむ、ステファーニア様も責任を取ってくださるそうです」

「ちょっと雪音。なんで貴方そんな事を言うようになったの？　馬鹿……瀧音幸助に影響でもされた？」

「ステファーニア様。ご主人様を馬鹿扱いしないでください。HENTAIなら、まあ……」

「HENTAIもだめだよ！」

とメイドや伊織《いおりん》も会話に続く。

そんな和気藹々《わきあいあい》とし始めた中、モニカ会長は私を呼ぶ。

「アイヴィ。貴方が頑張っていることを知ってるわ。だから今回は大目に見てあげる」

たっきーは私に近づくと笑顔で言った。

「年上といえど遠慮はしませんよ。いろいろ起こしてくれた分こき使うんで、覚悟してください」

「もちろん」

「……いいわね。皆、方針は決まったわ。準備に入って」

モニカ会長の言葉で皆が散り散りになる。私も動かないとと思っていると後ろから声をかけられる。

「あ、アイヴィさん、ちょっと待ってください」

それはたっきーだった。

「もし何かがあっても三会の皆はアイヴィさんの味方ですよ。皆は信じられる」

まるで私の過去を知っているかのような言葉だった。

八章　我ら、式部会

——瀧音《たきおと》視点——


方針は決まった。

風紀会、生徒会は各階層を巡り、ガーディアンを探す。そして式部会はラウレッタと八《や》咫《た》鏡を探しに、隠しフロアへ行くことになる。

現在細かい打ち合わせをするため、今回の作戦に参加する生徒達が集結しつつあった。

生徒会、風紀会、式部会ほとんどのメンバーがいるだろう。

「ご主人様、リュディ様とは別行動でよろしいのですか？」

隣にいたななみに聞かれ、リュディに視線を向ける。彼女は先輩と何かを話していた。

「ああ、今回はそれが良《い》いと思う」

今回リュディとはあえて別に行動したかった。

邪神教信者はリュディを狙うはずだった。しかしそれ以上に重要な八咫鏡を見つけたためそちらへ注力している。

だけど彼らが心変わりしてリュディを狙おう、となる可能性を否定できない。もちろんほぼ無いと踏んでいるが、万全を期すなら邪神教と会う俺達と行動すべきでは無い。

とはいえリュディの事は心配だった。先輩や聖女含む風紀会がついていてくれるのは知っているが……。

そう考えながらリュディを見ていると、彼女は大きな、とても大きなため息をわざとらしくついた。そして先輩に声をかけ二人でこちらに歩いてくる。

「あのねえ幸助《こうすけ》」

「なんだ？」

「その顔よ」

「顔？」

俺は自分の顔を触る。ななみは顔で何かを察したらしい。ああ、と呟きながら頷いていた。

「どーせまた心配してるんでしょ？　邪神教関連で私の事が心配だから。ここで待っていろって言う事も考えてた、図星でしょ？」

まあそう言おうかなとも思っていた。

彼女は自分の手に淡い緑色の風球を作り出す。

それは小さな風の球だった。

しかしその実態はすさまじい力で圧縮された風である。着弾すれば破裂しすさまじい暴風が辺りに吹き荒れるだろう。またあまりにも強く圧縮されていることが原因でパチパチと帯電すらしている。応用すれば雷系の魔法に変化させることも出来るだろう。

相性が悪いのもあるが自分には絶対に真似《まね》出来ない、かなり技術が必要な技であった。

彼女はそれを簡単に作り出し俺に見せている。

「私は強くなったわ」

不意につい最近彼女に言われたことを思い出す。

それは彼女が風紀会に入った理由を話していたときだ。あの時彼女はこう言った。

『貴方を守る事よ』

風紀会は生徒会に寄っているとみられがちな組織だが、一応中立の立場である。

現代的に言えば司法や警察だ。

なら生徒の宿敵である式部会を逮捕するのでは？　と思いがちだがそうではない。

基本的に式部会は調子に乗った発言が主である。馬鹿、アホ、雑魚と口にするだけで警察に逮捕されるだろうか？　だから基本的に風紀会に取り締まられることはない。

もちろん式部会が演技で新聞部を魔法攻撃するといった場合はすぐさま登場し見せしめとして粛正行動をする事もある。

だが基本は中立なのだ。

そのため一般生徒が式部会に攻撃した場合、風紀会は式部会を守り一般生徒をたしなめる。

つまり彼女は風紀会という立場で、生徒から恨みを買いやすい式部会の俺を守るために入会したとあの時言ったのだ。

自分が守ろうとしていた彼女《リュディー》から『貴方を守る事』と言われて怒濤《どとう》のごとく嬉しさがこみ上げてきたのを覚えている。

と、俺が以前のことを思い出して少し感傷に浸っていると、リュディは風魔法を霧散させる。

「ねえ幸助。私はね、貴方に守られてばかりじゃ無いわ。貴方にもし何かあったら守ろうとしているんだから」

一応、俺はリュディが強くなった事は理解していた。彼女にも様々な事を任せられる、そうも思っていた。

けれどそれは頭で考えていただけだったのだろう。心の奥底では彼女をどこか庇護《ひご》対象に見ていたのかもしれない。

だから今も邪神教が向かったであろう八咫鏡があるフロアではなく、比較的安全なところに行くというのに、過保護な対応を取ってしまいそうなのだ。

それは単純に失礼だと思う。

彼女は努力して努力してちゃんと実力を付けている。そして一緒にいた俺はそれを理解していた。だから俺がすべきことは彼女を信じてそちらを任せることだ。

「ねえ幸助、もう一度言うわ。私は強くなったの」

「………そうだな」

リュディは手を軽く上げる。だから俺も手を軽く上げて、二人で手を打ち合わせた。

彼女なら大丈夫だろう。

「ん?」

気がつけば少し後ろで先輩も手を上げていた。

「んんっ」

彼女は咳払《せきばら》いする。どうやら先輩も手を打ち合わせたいようだ。

先輩はクールでかっこいい印象を持たれやすいが、こういったかわいらしいところも結構ある。

「先輩、お願いします」

「瀧音も気をつけるんだぞ」

俺は先輩とも手を叩《たた》いた。

「リュディ。そっちは任せた」

「ばかね、こっちの台詞《せりふ》よ。ななみ、よろしくね」

「お任せください」

彼女達は何があろうとしっかり対応してくれるだろう。


俺達はそれぞれの会で集まるとフォーメーションの確認を行う。

どうやらリュディ達と会話している間に出撃するメンバーが全員揃ったらしい。グレーテルがゲームと人形片手に話しているのを見るに、式部会は全員参加だろう。

「ちょっと色々相談していたんだけど、風紀会は数人学園に残して何かあったときの対応をすることになった。まだ学園内に邪神教が残っている可能性も否定できないしね」

ベニート卿《きょう》は言う。確かに彼の言うとおりだ。

個人的には邪神の復活アイテムという優先度が高いアイテムを発見したのだから、死に物狂いで取りに行くような気はする。

だが確実とは言えない。現に想定外の展開ばかりだ。

チラリと風紀会を見るとちょうど移動を始めた所だった。

聖女ステフを中心とした三強水守雪音《みずもりゆきね》、鉄壁エスメラルダ、メインヒロインリュディ、メインヒロインカトリナ。そして他にも実力者達。終盤ですら大活躍してくれるメンバー揃いだ。強くない訳がない。

リュディと先輩がこっちを見たから俺は二人に手を振る。すると二人は手を振り返してくれた。そうだ。

「カトリナ」

「あ？　なに？」

聞くところによるとラジエルの書との戦いでかなり聖女の信頼を得たとか。

そういえばオレンジもたまに風紀会や生徒会に呼び出され手伝わされる時があるらしい。なんかウケる。

「そっちは任せたぞ」

「言われなくてもわーってるっつの」

そう言って俺に背を向けると手をひらひらと振る。そして「あ、そうだ」とチラリとこっちを見た。

「アンタもガンバんなさいよ」

風紀会が去って行くと部屋には式部会と生徒会が残る。

生徒会はどうなっているだろうと、ベニート卿の話を聞きながらそちらを見てみる。

すると生徒会のメンバー達はモニカ会長の演説を聴き士気を上げていた。

「私達はツクヨミ魔法学園の頂点、学園生に仇《あだ》なす者は全滅させるわ。行くわよ！」

モニカ会長はそう言って歩き出す。ダンジョンへ向かうのだろう。

彼女は特に対話で士気を上げることが非常に長《た》けている。それは彼女があり得ないぐらい強いことと、自分に自信を持っているからだろう。

彼女の意志と力に皆が引っ張られていくのだ。上司、社長、チームリーダーには必要な能力だ。

悠然と歩くモニカ会長の後ろを伊織《いおり》達も続いていく。

「結花《ゆいか》、幸助君、先に行ってるね」

「お兄ちゃんも気をつけてね」

「そちらも気をつけてくださいまし、ではお先に失礼しますわ」

と背を向け歩き出そうとするギャビーを見て思い出す。

「ああ、そうだギャビー」

そういえば彼女に言っておきたいことがあった。

「どうされました？」

「最近すごく頑張ってるらしいな。めきめき実力を付けてるって聞いたぞ」

そういったことはフラン副会長や伊織からよく聞いていた。稀《まれ》に暴走することが玉に瑕《きず》らしいが。

「ふふん、当然ですわ」

ギャビーは腰に手を当て大きな胸を張る。

彼女は褒められると非常に伸びるタイプである。だからしっかり褒めてモチベーションを上げておきたかった。

まあ褒める一番の理由は非常に可愛いからだ。守りたい、この笑顔。

そういえばこんな可愛いのに扱いやすい子として馬鹿にする者が一部居たよな。

馬鹿にする奴が馬鹿野郎だ。そこがかわいい所で魅力的な所だろう。嬉《うれ》しそうに高笑いされるとこっちが嬉しくなるんじゃボケッ！

「おーほっほっほ!!　この調子ですと瀧音様を越すのも時間の問題ですわね！」

「おお？　できるもんなら、やってみな」

「そうですよ、瀧音さんはともかく私は負けませんし」

と結花が話に交ざる。

「ふふん。結花、吠《ほ》えるのも今のうちですわ。いつか貴方《あなた》を這《は》いつくばらせますから、懺《ざん》悔《げ》の句でも考えておくんですわね」

ギャビーは『おーっほっほっほ！』と高笑いしながら伊織と出て行く。

「最強ね。さ、モニカ達も行っちゃったね、どうする？　僕達も気合いを入れるために何かしてから行くかい？」

「要らない」

「あー要らぬ要らぬ、妾《わらわ》はもう十分気合い入っとるわ」

グレーテルは即答した。そして紫苑《しおん》さんも続く。

「残念だったなベニート。私と二人でアレやるか？」

「うーん、アレか。瀧音君達ならしてくれそうだけど、まあ次回に取っておこうかな」

笑いながらそう言ってベニート卿が歩き出す。

「八咫《やた》鏡を守るガーディアンか、手応えがあれば良いのじゃが。のうグレーテル」

紫苑さんが後ろに続き、

「手応えとかどうでもいい、早く終わらせてゲームする。それだけ」

グレーテルが紫苑さんの横を歩く。

「ふむ。ちょうど良い機会だ。新薬を試してみようかな」

と怖そうな発言をするアネモーヌが二人の後に続く。

「ぴょん！　な、なんで私に薬を向けるのかなー!?」

アイヴィは慌てて歩きベニート卿の横までかけていく。

「さ、瀧音さん。私達も行きましょう」

結花は俺となななみを見てそう言うと、

「そうですね、土曜日は卵の特売日ですから」

ななみがボケる。

「どこに行こうとしてるんだよ。しかも今日土曜日ですら無いんだよなぁ」

俺が歩き出すと二人は後をついてきた。

全員が動き出したのをチラリと見たベニート卿はニッと笑って前を向く。

「モニカは自分達が最強だと言っていたけど、僕はそう思わない」

彼は続きを言わなかった。でも何を言いたいのかはここに居る皆には伝わっただろう。

ベニート卿、アイヴィ、紫苑さん、グレーテル、アネモーヌ、俺、結花、ななみ。

皆の顔にはあふれ出る自信が見えたから。

「目標は八咫鏡とラウレッタだ。皆、覚悟は出来てるね」

ベニート卿および俺達式部会メンバーはこう思っている。

我ら式部会が最強であると。

「式部会、始動だ」

ツクヨミ学園ダンジョンにはいくつか隠し通路がある。そのうちの一つが二十三層にあった。

それは行き止まりの場所に見えるが、巻物を持った状態であれば封印を解除し先へ進める道を見つけることが出来る。

「やっぱり開いてるな」

現地に着きその場を見て思ったことは、自分の想像していた通りの出来事が起きているという確信だった。

ここが開いているならラウレッタ率いる邪神教メンバーがここを通ったのは間違いなく、もちろん八咫鏡を取りに行っているのだろう。

「ここなのかい？」

ベニート卿の問いに俺は頷《うなず》く。

「ええ、ここから先は五十層以上クラスの強力なモンスターが出現することを覚悟してください」

と言うとベニート卿は頷く。

「じゃあここから先は僕とアイヴィで先頭を行こう」

制服から戦闘服に着替えていたアイヴィが真剣な表情で頷く。多分今ここにいる誰よりも気合いが入っていると思う。

「うん、罠《わな》は任せて」

「それで紫苑ちゃんとグレーテルちゃんには一番後ろを頼んでも良《い》いかい？」

「あいわかった」

「瀧音君は僕とアイヴィの側でフォローして欲しい。結花さんは前に出て戦いたいかもしれないけれど、援護と回復をメインに。ななみさんは皆のフォローを頼むよ」

「はーい」

チラリとななみがこちらを見る。俺が頷くとななみは承知しましたと返した。

「おいベニート。私の事を忘れてはいないだろうね？」

呼ばれていなかったアネモーヌが尋ねる。

「自由に動いてくれ。って僕が仕切ってしまったけど、瀧音君はどう思う？」

「完璧な陣形だと思います」

現時点で俺よりも強いベニート卿と、罠探知が得意なアイヴィが前に出るのは良いと思う。まあ一年生を真ん中に置く辺り、ベニート卿は何かあったら二、三学年で守るための布陣を敷いたのだろう。

「むしろずっと考えていたんですけど、基本的にベニート卿が指揮を執る方が良いと思います。ベニート卿は戦闘の経験も多いし、突発的な判断も素晴らしいですし」

「そうか、ちょっと照れるね」

思ってたことを言っただけなのに、なんでちょっと照れくさそうなんですかね。なんで

アネモーヌは嬉しそうにななみに話しかけてるんですかね？　あの人って色々イけるから
なぁ、変な事思いついてないですよね？

そこから少し進んで俺達は転移魔法陣の中に入る。そして移動した場所を見て紫苑さんは感嘆のため息をついた。

「なかなか良い雰囲気じゃのう」

月の光に照らされた橋と言えば良いだろうか。空には月と星が広がり、足下には大きく長い木製のような橋が続いている。先が見えないぐらいに長い橋が。

「なかなか興味深い場所だね」

そう言ってベニート卿《きょう》は足下を確認する。

見た目通り木製の橋のようで、コンコンと木を叩く音が聞こえた。彼がぐっと踏ん張っても壊れる気配はない。ジャンプぐらいでは壊れなそうに見えるが戦闘の際にどうなるかは分からない。

ベニート卿の横に立っていたアネモーヌは橋の欄干《らんかん》まで行くと円形で少しゴツゴツした何かを投げる。それは空中で静止し黄色い光を放つと、先がとがった石へ変化した。

「ねえ、瀧音さん。あれって陣刻魔石ですかね？」

結花も同じようにアネモーヌを見ていたようだ。彼女の言う通り陣刻魔石のような反応をしているがそれは少し違う。

「いや、あれはアネモーヌさんが作ったアイテムだよ。陣刻魔石に似ているけれど強化したアイテムだと思えば良い」

結花は納得したのかへぇ～と相づちを打つ。

アネモーヌは魔法使いであり発明家でありアイテム使いである。彼女はアイテム使用に適性が有り、他の人よりもアイテムの効果が高かったりする。また彼女にしか使えないアイテムが強力で、三強までは行かないがメインヒロイン級の強さを発揮することもある。

ただ彼女の力をフル稼働させようとすると残念な事に出費もフル稼働してしまうため、金銭に余裕が無いとできないのだが。

「ふむ、湖面に液体が張っているな。普通の水のように見えるが」

アネモーヌの放った鋭い石は水底の土に突き刺さっている。そしてその地点を中心に波紋が広がっていった。

アネモーヌがアイテムを使ったのは橋の下がどうなっているかを確認したかったのだろう。彼女はマグカップにヒモを付けると、水に向かって投げた。そして角度を調整し水をすくう。するとアイヴィがアネモーヌの側にやってきた。

「毒も変な仕掛けもなさそうに見えるね」

アイヴィはアネモーヌと話し、そう結論づけた。

先ほどの石が落ちた様子から察するに、落ちても膝上ぐらいまでしか濡《ぬ》れることはないだろう。これなら落ちてもなんとかなりそうだ。

　と俺達がその湖を見ていると結花が大きく息を吐いた。

「それにしても、綺麗《きれい》な湖ですね」

　確かにとても綺麗な湖だった。

　モネの『睡蓮《すいれん》』のような雰囲気と言えば良いだろうか。月や星空が反射するその湖の上には葉っぱや花が浮かんでおり、さらに目をこらして見てみると色鮮やかな鯉《こい》が泳いでいるのも見えた。

「ここがデートスポットなら良い雰囲気になるんだろうけどね」

　とベニート卿《きょう》が苦笑する。

「ベニート。ここにはこんなに美人がいるんだ、一人選んで模擬デートと考えて進めばいいだろう」

　と橋の様子を調べながらアネモーヌが言う。

「ベニートはヤダ、趣味が合わない」

　そう言うのはグレーテルだ。彼女は人形を持ち直すと軽く体を伸ばす。そして全身、人形にまで魔力を行き渡らせた。

「模擬デートか。幸だったら良いんじゃがな」

「紫苑さんとのデートだったら喜んでお付き合いさせていただきますよ」

「ほーっ、楽しみじゃの♪」

「ご主人様、結花様が嫉妬してしまいますのでそこらへんにしておきましょう」

「っはぁーっ？　勝手に陰謀論でっちあげないでくださいませんかね！」

と皆軽口を叩きながら武器を取り出したり、身体強化魔法をかけ直したりしていく。

「うん、皆の準備は出来たようだね。アイヴィ？」

「ぱっと見た感じだと近くには罠はなさそうだよ」

ベニート卿が頷く。

「行こうか。ラウレッタさん達に追いつかないと」

それから少し進むと橋の上に待ち構える人らしき者が見えた。

見た目は大きな刀を持った鎧武者《よろいむしゃ》である。ただしその姿は墨のように真っ黒であった。

墨武者だ。

そんな墨武者は手に紙のような物を持っている。

「ほう、刀狩りでもされるのかのう」

この世界にも日本と同じような伝説でもあるのだろうか。

日本人ならば武蔵坊弁慶《むさしぼうべんけい》を思い浮かべる人も居るだろう。彼は橋の上で通りすがりの人から武器を奪っていたとかなんとか。そこで女装した義経《よしつね》と戦い負けて義経の手下になるらしいが作り話説もあったよな。

ちなみに弁慶も義経もこの世界に敵として存在しているが、パラメーター調整をミスったかと疑うほどおかしいぐらい強い。

このまま行くといずれ彼女が戦うことになるだろう。大丈夫だと信じているが。

それにしても女装か。うっ。頭が……。

「ご主人様、大丈夫ですか？」

「ああ、なんでもない。なんだかあちらも動きそうだな」

墨武者が手に持った紙を放り投げると、その紙から同じような墨武者が一人、そして弓を持った墨武者がもう一人現れた。

現れた墨武者が刀を抜いた瞬間、アイヴィが叫ぶ。

「しーちゃん、後ろにもいるよ！」

視線を後ろに向けると橋の上に何枚もの紙が出現し、そこから同じような姿をした墨武者が現れる。

そしてその後ろから鳥の形をした黒い影がいくつか飛び上がるのも見えた。

紫苑さんは振り返りながら扇子を振っていた。すると三日月の黒い刃が出現し、前方に飛んでいく。

それは鳥の形をした影に直撃する。鷹《たか》を一回りぐらい大きくしたようなモンスターだった。直撃された鳥は黒い羽のような物を散らしながら、湖に落ちていく。

その墨鷹が落ちる前に、敵も俺達も動き出す。

前方へ真っ先に飛び出したのはアイヴィだった。彼女はクナイを取り出すと御札《おふだ》を貼り付け投擲《とうてき》する。

それは右の墨武者へ飛んで行くも、刀で弾かれた。

しかし。

「火遁《かとん》！」

クナイが弾かれたその瞬間、そのクナイから火が出現した。御札に術を仕込んでいたのだろう。それは墨武者の上半身を包み込むほどの大きい火だった。

炎上する墨武者の上を彼女は飛び越える。彼女の狙いは遠距離にいるモンスター、弓を持つ墨武者のようだ。

対してベニート卿はもう一人の墨武者に攻撃を仕掛けていた。そのため墨武者は、後ろの弓兵を攻撃しようとするアイヴィを止められなかった。

さあ俺がすべきことは。

「一番楽なの残してもらっちゃったな」

俺は火遁でひるんだ墨武者に近づく。墨武者は刀をこちらに振るも、踏み込みがしっかりしていない攻撃なんていなすのは簡単だ。

第三の手で攻撃を受け流すと、さらに一歩前に踏み込む。鞘《さや》に溜めた魔力は十分。そしてすでに斬るべき線は見えている。

だから後は刀を抜くだけだった。

直立したままピクリとも動かなくなった墨武者を尻目に、他の人の様子を確認する。

とりあえず、ベニート卿は見なくても良いだろう。

彼の実力は墨武者と比べものにならない。力でもスピードでも、技術ですら圧倒している。以前一緒に行ったときからさらに力を付けたような、そんな気さえする。

アイヴィはどうだろう。

俺は顔を動かす途中で、先ほど切った墨武者を蹴る。それは真っ二つになって地面に転がった。魔素化は時間の問題だ。

アイヴィは手裏剣を取り出しそれを弓武者へ投擲していた。それは弓を持つ手を狙っていた。

攻撃が来ると分かったからだろう。墨武者はすぐに矢を射出し手裏剣を防御する。対してアイヴィは止まらない、ひるみもしない。その矢が彼女の顔数センチというところを通り過ぎても、彼女は走るのをやめない。

彼女は動体視力が非常に優れている。また空間把握能力も優れている。

だから射出された矢がどこを進むのかが分かったのだろう。彼女は避けることもせず、前に突き進んだ。

　彼女は直刀を抜くと大きく飛び上がる。

　そして回転しながら切りつけた。

　こちらの勝敗は決した。紫苑さん達はどうだろう。俺は戦闘を見守っている結花の隣へ向かう。

「え、人形が動いた⁉」

　結花はグレーテルの持つ人形を見て驚いた声を上げていた。

　グレーテルは驚く結花をスルーして現れたモンスターの数を確認している。

「まだ出てる。紫苑、地面のは任せて。空は任せる」

「あいわかった。ななみ、八時の方向を頼んでも良いかの」

「お任せください」

　紫苑さんは空に向かって扇子を振る。ななみも空を飛ぶ鷹のようなモンスターに狙いを定め弓を引き絞り矢を放つ。

　グレーテルが手を前方に向けると、その場で踊っていた人形は手の先にいる墨武者に向かって走り出した。

　なぜだろう。その人形の表情は変わっていないのだが、どことなく楽しそうに笑っているように見える。

墨武者が刀を振るとその人形は左の手に生えた爪でその刀を弾く。そして左にそらしながら、右手の爪で切りつけた。

「むっ」

グレーテルは不満そうに言葉を漏らした。墨武者が体をねじり、鎧で攻撃を防御したのだ。それが彼女にとって不服だったのだろう。

彼女が右手の指を動かすとその動きに呼応して人形も動く。

人形はさらに墨武者に一歩踏み込む。そして蹴ろうとしてきた足を飛んで回避する。それからは一方的だった。

右手、左手、右手、左手。なめらかな動きで敵に攻撃を加えていく。敵は接近され過ぎて刀を抜けない。

「すごい……まさか人形があんな動きをするだなんて」

結花が呟《つぶや》く。

「全世界を探しても、彼女しか出来ないだろうね」

いつの間にか敵を倒していたベニート卿《きょう》が俺と結花の隣に来る。

「あれ、ベニートさんは土属性が得意でしたよね？　ゴーレムの扱いが得意ではないんですか？」

「いや、アレはゴーレムとはまた違うんだ。確かに僕もゴーレムは動かせる。でもあんな動きはゴーレムには出来ない。そもそもゴーレムは沢山の命令が出来ない。戦えと言ったらそりゃあ戦うけれど、それだけ」

「なるほど盾を弾いて弱点を狙って、場合によっては足を狙えとは出来ないんですね」

「一応ゴーレムを極めた人は命令数も増やせるだろうがね、大体そんな感じだ。それに彼女は今回使用しなかったけれど、もっと驚くことをやってのけるから」

墨武者は刀の柄で攻撃しようとしているが、グレーテルの人形はそれもよけてしまう。人形はあろうことかその柄にジャンプして乗ると、そこを足場にしてさらに飛び上がる。爪を上に向けて。

その手は墨武者の首を貫いた。

「ラウンド、ツー」

グレーテルは呟く。

すると新たに出現しようとしていた墨武者に向かって人形が突撃していく。

「彼女はそれこそ自分の手足のように人形を動かすことが出来る。なぜあんなことが出来るかと言えば、彼女は瀧音君と同じく特殊な無属性魔法に適性を持っているからだ」

結花とベニート卿は俺のストールを見る。

「僕からすればゴーレムよりも瀧音君のストールの方がグレーテルちゃんに近いと思うん

だ」

「確かに自在に動かすって言えば瀧音さんっぽいですね」

グレーテルの人形はすでに墨武者を追い詰めていた。爪で刀をはたき落とし、今度は地面を蹴って飛び上がる。

「だろう？　見て分かるとおり、グレーテルちゃん唯一といって良《い》い戦い方だろうね。そんな彼女の事を傀儡師《くぐつし》グレーテルと呼ぶ」

グレーテルの人形は墨武者の顔に向かって爪を突き刺した。

彼女がちょうど倒したときだった。新たに出現した墨の鷹が一気に上空へ飛び上がり、そして一直線にグレーテルへ向かっていった。

だから彼女の横へ行き、ストールで殴りつけるようにして防ぐ。

彼女はチラリと俺を見る。その手には人形があった。戦っていた人形はこちらに向かって走っているから、さっきのとは別の人形だ。ただし見た目は一緒の。

そしてこちらに向かって走ってきていた人形のちょうど近くに鷹が落ちたため、グレーテルの人形がとどめを刺す。

「すみません、横取りして」

「べつにいい。それにしてもその戦い方。聞いていたけどやっぱ面白い」

そう言って彼女は俺のストールを触る。

「自分もグレーテルさんのように戦う人は初めて見ました」

知ったのはゲームだったけど。

紫苑さんやななみ達はどうやら空を飛ぶ鷹をすべて撃ち落としたようだ。いつの間にか鷹落としに参加していたアイヴィと共にこちらに向かってゆっくり歩いてくる。

「なかなか面白かったよ」

パチパチと手を叩くアネモーヌ。

「見とれておらんで戦え」

紫苑さんはそんなアネモーヌに苦言を示す。

「すまないすまない。ただ見ていて分かったことがある。コレは多分黒いインクのような物で出来ているね」

「インクですか？」

「ああ、インクだ。倒した後の変化を見ていたかい？」

見た、と頷《うなず》くのはグレーテルだ。

「倒した後に液体のようになってから魔素に変わってた」

「そうだ。てっきり紫苑のように闇属性の敵かと思っていたんだが、そういった変化は起こらないだろう。何よりベニートが光属性の魔法を使っても弱点を衝いているようには見えなかった。かといって相手は水属性でもなさそうだ。多分無属性だね」

「へぇーてっきり闇属性だと思ってました」

結花が感心した様子で話す。

「ただし私が分かったのはここまでだ。だから後は瀧音君に聞こうじゃないか。瀧音君ならこのモンスターのことを知っているだろうし。ねえ？」

アネモーヌはまだ俺の事探ってるんだろうなぁ。

「ええ、知ってます。文献で読みました」

状況も状況だし、もう開き直って良いかもしれない。

「文献か。文献、ね。なるほどなるほど。それでどんなモンスターなんだい？　お姉さんに教えてほしいな」

「おっしゃる通り、さっきのモンスター達はインクのような物で出来ています。正確に言うと墨汁ですね。和国などで昔使われていたインクのようなものと考えてくれれば」

「ぴょん、私の御札《おふだ》は墨で書かれてるよ、そっちの方が魔力の通りが良いんだって」

そう言ってアイヴィは御札を見せてくれる。これ墨で書かれていたのか。それは初めて知ったかも。まあ、それは良いや。

「体は墨で出来てて、おっしゃる通り無属性です。それと詳しい説明は進みながらしましょう。少し急ぎたいです」

「まあ、そうだね」

とベニート卿《きょう》が言うと皆は警戒しながら進み出す。そして歩きながらベニート卿は尋ねた。

「それで続きを聞かせてくれるかい？」

「はい。このモンスターは画獣と呼ばれるモンスターの一種です。描かれた墨の絵が実体化し襲ってきているだけです」

「だから紙があったのか、納得じゃ」

「それでなんですけど、紙が少ないのが自分的に気がかりです」

「紙が少ない？」

「ここからは予測になりますが、想像より邪神教メンバーは先へ進んでいません」

「へぇ？　それはなぜだい？」

「紙が少ないからです」

「トイレだとピンチに聞こえるね、いやチャンスかな？」

アネモーヌがおかしな事を言っているが無視だ。てか何がチャンスだよ。いかん心で突っ込んでしまった。

「ここはもっともっと紙が沢山あって大量にモンスターが出現するはずなんです。量で攻めるタイプのダンジョンなので」

「幸は五十層以上クラスと言っておったが……確かに手ごたえは無かったのう」

「なぜか？　多分ですが先駆者が倒したばかりで再出現《リポップ》していないのでしょう」

慎重に進んでいるか、もしくは単純に邪神教メンバーが弱くてなかなか進めていないか。

簡単に予測するとそんなところか？

「なるほどね。ならもう少し急ごうか」

「はい、予想通りならすぐ追いつけると思います」

九章　ラウレッタ

―アイヴィ視点―

大きな橋を進んでいるとそこに居たのは三人の生徒と二人の大人だった。そして三人の中心には見覚えのある女性がいた。

あちらはすぐに私達に気がついた。

「ラウレッタちゃん！」

私は叫ぶ。

武器を構えこちらを警戒する彼女ら。急いでこちらに来ていたのだろう、少し疲れが見えた。

「ああ部長、ベニート卿もいらっしゃるんですか。どうされたんですか？」

「お主は本気でそれを言っておるのか？」

「あら、紫苑《しおん》ちゃん。私はこんな見た目でも三年生なんだけど。敬語はどうされたんですか」

そう言って三年の証《あかし》であるリボンを見せつける。

「お主に敬語なぞ不要じゃろ？」

しーちゃんの魔力が高まっていくのが分かる。いや、皆が戦闘準備を始めている。

よく見ればあの大人、学園で見たことがあるような？　色んな施設があるからどこかの関係者かもしれない。

「それで八咫《やた》鏡は見つかりましたか？」

たっきーが質問するとラウレッタちゃんは息をのむ。

「………へぇ、知っていたのね？　どうりで追いかけられる訳だわ」

多分ラウレッタちゃんは誰かに追いかけられると思わなかったんだろう。微妙な階層の行き止まりにわざわざ来るだなんて、普通に考えたらあり得ない。

だってその情報は彼女が持っている巻物にしか書いてないらしいし。

「やっぱり花邑《はなむら》。とんだ狸《たぬき》じゃない。もしかして狐《きつね》かしら」

「えーそれって自己紹介ですかねぇ？　顔も性格もそっくりですもんね」

結花《ゆいゆい》がズバリな事を言うとラウレッタちゃんの頬が少し引きつったのが分かった。

「花邑家とその取り巻きは本当にうるさいわね。まあそんな事はどうでも良いわね」

「うんうん、そうだ。そうだね。そんなことはどうでも良い。ただ一つ言えることは君達が邪神教で学園に仇《あだ》をなすってことだよね」

アネモーヌが発言する。

「やっぱり邪神教までバレてるのか。なんでだろ」

彼女はチラリと私を見る。そしてたっきーを見る。

「どうでも良いか」

そう言ってラウレッタちゃんは杖《つえ》を持ち上げると魔法の詠唱を始める。そしてたっきー達も武器を構え一触即発、そんな時だった。

今止めないとまずいと思ったのは。

「まって！」

私は武器を収納し両手を広げ、ラウレッタちゃんの前に立つ。ラウレッタちゃんは魔法を発動したように見えたが何も起きない。止めたのだろうか。杖の魔石部分が一瞬黒く光ったように見えたのだが。

魔法を止めてくれたのなら助かる。

「攻撃しないでほしい、まだ待ってほしいの！」

この時間を利用して私は確認しなければならない。

「アイヴィ」

ベニートが私を呼ぶ。彼は剣を下ろさない。私、そして後ろのラウレッタちゃんに向けて構えられている。

いつでも攻撃が出来るように。

たっきー達もだ。いつ攻撃されても良《い》いように、全員が武器を下ろすことはない。それは……ラウレッタちゃん達もだ。

いつ両者から魔法が飛んできてもおかしくない状況。正直、怖い。でも私は真実を知りたい。だから私はラウレッタちゃんに問いかける。

「ねえ、なにかの間違いだよね、ラウレッタちゃん、貴方《あなた》の言葉を聞かせてほしい。誰かに脅されてるとか……」

ラウレッタちゃんはなにも言わなかった。それを見ていたゆいゆいはぶち切れながら言った。

「あのですねラウレッタさーん、なんか言うことはないんですかね？」

ラウレッタちゃんは私を見る。その感情のない冷たい目で私の全身を見る。そして口を開いた。

「ほんっと、ばあぁかで、たすかっちゃったぁ」

「あっ……」

私は言葉が出なかった。心底馬鹿にするようにわざと抑揚を付けて彼女はもう一度言った。

「ばかだよね。ほんっっっっと、馬鹿。私に騙《だま》されて良いように利用されてるのに、気がつかずいつもヘラヘラしていて能天気で、かわいそうだなぁって思ってた。いつか騙されて死んじゃうんじゃないかって、そう思ってた」

自分の周りを暗いもやのような物が包み込んでいく。そしてお母さんの事がフラッシュバックした。親友に騙されて良いように利用されて。

それでも悲しい顔をして、笑って死んでいったお母さんの……。

ずきり、と頭が痛む。今思い出す時では無い。それは理解していた。今はそんな時じゃ無い。でもどうしても思い出してしまうのだ。

頭の中にラウレッタちゃんの声が響く。

『貴方はどうせまた裏切られるのよ』

私は混乱していた。ラウレッタちゃんの口が開いていないのに、頭に直接声が聞こえたから。

『私に裏切られたように』

裏切られる？　私が？　誰に？　ベニート？　モニカ？

でも彼らが裏切るわけが……。

『裏切るわ。同じかそれ以上に信頼していた私に貴方は裏切られたんだから』

裏切らない？　え？

『そして大切な人をまた失うの。周りに居る人も巻き込んで』

「裏切られて失う？」

『そして見捨てられて自分も死んでしまうんだわ』

「アイヴィさん」

『貴方は家で引きこもるべきよ』

「アイヴィさん……」

『あはははははは、はははははははっ！』

「アイヴィ」

気がつけば目の前にたっきーがいた。あれ、なんだかさっきと雰囲気が違うような？

でもラウレッタちゃんはなんかベニート達と話してる。ラウレッタちゃんがベニートを罵倒している？

……まって、私さっきラウレッタちゃんとベニート達の間に居たはずなのに、なぜか今はベニート達の方が前に来ている。

なんで？

ああ、ラウレッタちゃんが私を一瞬見て苦しそうな顔をしたよね。それはなんで？

「たっきー？　なんかおかしいよね？　いやおかしいのは私の方？」

騙されてる私の方がおかしい？　ん、あれ。なんだろう感情も思考もごちゃごちゃに……？

「アイヴィさん。落ち着いてよく聞いてください。邪神教信者は闇魔法を使用し精神攻撃をしてくる場合があります。だからそれに惑わされないでください」

「精神攻撃？」

言われてみればさっきのラウレッタちゃんは現実感が無かったような気もするが。

「はい精神攻撃です。アマテラス女学園でも同じことがありました。人の過去をほじくり返したり、弱みにつけ込んだりするんですよ」

アマテラス女学園で同じようなことが？

「ただアイヴィさんの場合はそれを回避するのは結構簡単なんです」

「簡単？」

「信じれば良いだけです。俺を、仲間達を」

「信じる？　でも、あれ？」

信じたら裏切られるよね？　あれ、そんなことはない気がしていたような？　どういうこと？

「まずは俺を信じてください」

たっきーは私の手をギュッと握る。ずっと刀を振っていたからだろう、一朝一夕では身につかないゴツゴツした、侍のような手だ。その手が私の手を力強く握る。

そして真剣な表情で言った。

「俺はアイヴィさんの事を絶対に裏切りません。見捨てません」

「でも私以外の誰かが、私の大切な人が死んで………」

「アイヴィさんの近くで誰かが死ぬなんてことはさせません。もう起こさせません」

「たっきー……」

死ぬって。お母さんは……あれ、ちょっとまって。私お母さんが死んだこと……話しただろうか？　いや話してないよね。

たっきーはベニート達をちらりと見て小声で「まずいな」と呟いた。

「いつ戦闘が始まってもおかしくない………アイヴィさん、大切な事だからまた言いますよ？」

彼は言う。

「俺は絶対に裏切りません。誰かが死ぬこともありません。アイヴィさんもだ」

「あの、たっきー」

「もし何かがあったら命をかけて守ります」

そう言ってたっきーは私の前に立ち、飛んできた魔法を防いだ。

それは私が抱えている不安をすべて背負ってくれそうな、とても頼もしい背中だった。

―瀧音《たきおと》視点―

今回のラウレッタ率いる邪神教徒戦において重要なことは、精神攻撃を避けることである。

本来ならばアイヴィと共にリュディを守りながらの戦いになるはずだった。しかし肝心のリュディは居ない。そのためアイヴィと協力して倒すだけである。

ただ彼らにも注意しなければならないことがある。それは闇魔法だ。

邪神教は主にアイヴィを狙い精神攻撃を仕掛けるのだ。それを回避するために先ほど言葉をかけた。

今回もしアイヴィがこの精神攻撃に耐える事ができれば、彼女は精神攻撃の耐性を得ることができる。それは彼女がこれから先に戦うことになるであろう邪神教に対し、とても有益なスキルである。

彼女は裏切られたことや、死んだ母のトラウマを無理やり思い出させられたのだろう。それを彼女が克服することで精神攻撃の耐性をつけるのだ。

実を言えば闇魔法のスペシャリストである紫苑さんや聖女の血を引く結花《ゆいか》になら、防ぐこともできる。だけど俺は気がついても手を出さないようにお願いした。

彼女が今後必ず必要になるスキルだから。俺やリュディと一緒に居なくとも彼女は邪神教と戦う。ラウレッタの件もそうだし、のちほど彼女の父があの事を話すだろうし。

勿論《もちろん》本当にヤバイと思ったら介入してくれるようお願いもしている。だから結花は敵を警戒しつつ俺とアイヴィの様子も見ていた。

後はアイヴィ次第だろう。今回俺達は彼女を支える以上のことをしてはいけない。

さあ、後の問題はラウレッタ達だ。

邪神教徒はアイヴィを狙って攻撃してきた。だから俺はアイヴィの前に出てその魔法をストールで防ぐ。

戦闘の始まりだ。

ラウレッタは真っ先にベニート卿《きょう》を狙いに行った。彼女はベニート卿の実家、エヴァンジェリスタ家と確執がある。恨みの大本はエヴァンジェリスタ家と仲が良いカノッサ家なのだが。

そして二人の大人は黒い魔石を取り出し、自分の前に投擲《とうてき》する。それは空中で魔法陣を作り出し、そこから黒いネコ科の肉食獣らしきモノが出現し始めた。

アレは邪神教に協力している魔族が与えたアイテムだろう。邪神教信者達がよく利用している物だ。

グレーテル、紫苑さん、アネモーヌ達はそちらの対処へ。

俺とアイヴィに向かってきたのは長髪の生徒と短髪の男子生徒だった。彼らは長剣とレイピアを持っており、俺との距離を詰めると息の合ったコンビネーションで攻撃を仕掛けてくる。

まず短髪が俺に火球を飛ばし、そのすぐ横から長髪が長剣を俺に振り下ろしてきた。それらを第三第四の手で防ぐと、その隙間を潜らせ、短髪のレイピアが一直線に迫る。

しかしそれは刀で簡単にはじき返す。そしてレイピアに反撃しようと俺が回転蹴りをしかけると、今度は長髪が俺の前に立ち剣でガードした。

二学年の学園生にしては実力があるだろう。二学年の学園生にしてはだ。

「その程度か？」

俺はその剣でガードした男子生徒を渾身《こんしん》の力で蹴り飛ばす。彼は勢いを殺せず、後ろのレイピア短髪と共に橋の欄干まで飛ばされ、背中を打ちつけた。

こちとら学園最高峰の人達と毎日訓練しているんだ。これぐらいなら簡単にいなせる。

先輩の攻撃の方が圧倒的に強いわ。

「たっきー、私も戦えるよ」

力強い声が隣から聞こえる。どうやらアイヴィは闇魔法の精神攻撃を払拭し、戦えるようになったらしい。また何度かされるだろうが、とりあえずは。

「ええ、戦いましょう」

戦況は完全に俺達が優位だった。当然だ。

そもそも学園の生徒達の中でもエリートしかここには居ないのだ。ただの生徒が俺達と渡り合える訳がない。

しかしそれは相手も理解していたのだろう。

「本当はここに現れるボスに対して使うかもと思って、持ってきたんだけれどね」

ラウレッタ達は懐から何かを取り出す。それは黒くて尖《とが》った……まずいな。

「皆、それを使わせちゃいけないっ！」

「これが何か知ってるの？　でももう遅いッ」

ラウレッタは叫ぶ。そしてその黒い刃の先を各々《おのおの》が自分に突き刺した。

結花達は邪神教徒達を驚いた様子で見ている。仕方ない、本来なら死んでもおかしくない場所だから。

「心臓や首にじゃと……」

紫苑さんがドン引きしながら呟《つぶや》く。

「あああああ！」

目の前に居た邪神教徒は叫ぶ。まるで体の奥底からすべてを絞り出すような声だった。

その刺さった刃は赤黒く光ると、まるで砂のように崩れ、地面に落ちる前に消えていった。

すると邪神教徒の体がだんだんと変化していくではないか。

ゆっくりと黒く、一回り大きくなり……そして角が生えてきたのだ。また目が赤くなり、魔力が先ほどと比べものにならないぐらいに上がっている。

「まさか魔族……いや。違うようだね」

しかしその変化は途中で終わってしまった。

「なり損ない、か」

アネモーヌがそう吐き捨てた。

目の前の邪神教徒だけじゃ無い。それは、

「ラウレッタちゃん！」

ラウレッタもである。アイヴィがラウレッタのもとへ行こうとすると、ラウレッタはアイヴィの足下に魔法を放った。

「……いつまで私をちゃん付けで呼ぶのよ、貴方《あなた》はっ」

そう言って彼女は杖《つえ》の先をアイヴィに向けた。アイヴィは一瞬動きを止める。彼女には猛烈な精神攻撃が襲っているのであろう。

それを助けに行こうとしたベニート卿《きよう》だったが、彼は別の信者に攻撃されていた。

「結花、ななみ、前の信者達を頼むっ」

紫苑さん、グレーテル、アネモーヌ達の全員が誰かしらと戦っている。ここは俺が行くべきであろう。

意外にもアイヴィの意識はしっかりしていた。先ほどは反応がほぼ無かったのだが。

「……私は裏切られて、ううん、裏切らない。たっきーは裏切らないって言ってくれた。あっ、たっきー」

今は俺をしっかり認識していたから。目の焦点もしっかりしている。

「邪魔ばかりするわね」

ラウレッタが俺に言う。

「俺からすると『余計なことばかりして』なんだけどな」

本来ならこのダンジョンの攻略は、まだまだ先なのだ。だからこそラウレッタ達は攻略に苦戦していたのだろう。あまり進めず俺達に追いつかれた理由だ。

「たっきー、あのさ。もう一度言ってくれないかな?」

アイヴィは汗を拭いながら俺に言う。彼女が今言って欲しいこと？　それはもちろん。

「俺はアイヴィさんを裏切らない」

アイヴィはにっこり笑った。とてもかわいらしくてどこか無邪気で、こちらまで笑顔にしてくれる笑顔だった。

それは彼女のお母さんと同じように、周りを幸せにしてくれる笑顔だ。

「っ！」

ラウレッタの持つ杖が震え始める。

そして杖の先の魔石が光り輝くと、それは粉々に崩れた。

「たっきー、手を出さないでほしい」

アイヴィは俺の前に立つ。精神攻撃は払拭したようだ。

「……大丈夫ですか？」

「大丈夫だよ、これでも里で一番のくノ一だったんだから」

そう言って彼女は胸を張った。

「……本当にヤバくなったら手を出しますよ。有象無象は任せてください」

「ありがとっ」

彼女はラウレッタへ。

そして俺は二人の戦いを邪魔させるわけにはいかないな。

「ほら、来いよ」

そこらの獣と戦いながら待つとしよう。俺がその獣達を挑発すると、そいつらの一部はグレーテルの人形とアネモーヌへ、そして数匹が俺に向かって来た。

魔法の使用者である大人の信者が半魔族化している事が影響しているのか、その獣の速さも力も上がっているように見えた。

もちろん獣だけでは無く、邪神教徒全員の力と速さは倍加したと言って良《い》いだろう。しかしどこか制御し切れていないし、そもそもその力を制御出来たとしても。

「俺達に勝てると思っているのか？」

ヒロイン全員をハッピーエンドにさせるために、俺は強くなった。一緒に戦った結花やななみも強くなった。そして俺が強くなるための情報を出し惜しみせず皆に伝えたことで、式部会全員が強くなった。三会が全員強くなった。

だから、ゲームでは二周目に攻略することがほとんどであろうラジエルの書を、一周目で倒したのだ。

完全に魔族化している奴ならともかく、こんなまがい物に負けるわけが無かった。

俺は近くに居た獣を切り飛ばす。

「もう、終わりなのか？」

ベニート卿達も、戦闘が終わりそうだ。誰一人として苦戦していない。

アイヴィは……。

どうやらラウレッタは魔法を連続で使用し、アイヴィを追い詰めていると思っているみたいだ。

しかしラウレッタは気がついていない。追い詰められているのが自分であることに。

「部長ぉっ」

ラウレッタの叫び声と同時に魔法が飛ぶ。アイヴィはそれを避けなかった。そもそも避ける必要が無かった。

魔法の直撃と同時にアイヴィの姿がかき消え、その場にお札の貼られた丸太が現れる。

「っまさか、変わり身の術⁉」

それは偽物なのだから。アイヴィはすでに彼女の後ろだ。

「取ったっ！」

彼女はクナイを首に当てる。

訪れる沈黙。もう他のメンバーの戦闘は終わっていた。もちろん俺達の圧勝だ。

ラウレッタは辺りを見て小さく息をつく。手からゆっくりと力が抜け、彼女は杖を落とした。

「……こうなるんじゃないかって、薄々思ってた」

ラウレッタはそう言って視線を下に向ける。

「私はカノッサ家やエヴァンジェリスタ家……あの時私達家族を終わらせた貴族達に復《ふく》讐《しゅう》がしたかった」

アイヴィはクナイを首から離す。

「したかったんだけどなぁ……関係の無い人を傷つけてまでしたいとは思わなかったのに」

ゆっくり顔を上げるラウレッタは、泣いていた。

「ラウレッタちゃんはもしかして……こんなことしたくなかったんじゃないの？」

アイヴィは尋ねる。

「もう、戻れなかったのよ。まあ私だけじゃ無くここに居る皆が色んな理由で、もう後戻りできなかったの」

ラウレッタは肯定した。

「私はね、この学園に来る前から犯罪をしていた。何度も、何度も」

そう言って半分魔族化してしまった手を見る。

「最初はカノッサ家やエヴァンジェリスタ家への復讐心が強かったから、どんな罪を犯してもなんとも思わなかった。でも」

ラウレッタはアイヴィを見る。ベニート卿《きょう》を見る。

「部長を傷つけるのは物理的にも精神的にも難しかった。エヴァンジェリスタ家であるベニートやガブリエッラだけど悪い人間で無い事は心の中で理解していた。だってあんなに皆に、私に優しくしてくれたんだから」

ベニート卿はギュッと拳を握り、歯を食いしばった。

ラウレッタは話を続ける。

「もう無理よ。学園に入ってから毒気を抜かれちゃった。本当はリュディヴィーヌ様を攫《さら》うか殺せって言われてたけど、私は多分殺せなかっただろうし」

「ラウレッタちゃんはリュディちゃんを殺そうとしていたの？」

　ラウレッタは頷《うなず》く。

「でも部長がやらかしちゃって計画が崩れたの。ちょっとだけラッキーとも思ったけど、あの神棚の惨状は笑えなかったな」

「ラッキーって？」

「八咫鏡《やた》よ。邪神教復活のために必要なアイテムの一つ八咫鏡があれば、リュディヴィーヌ様の事を無視して良いんじゃないかって。私は人を殺さずに済むんじゃないかって。私は多分どうやっても人を直接殺せない。誰かにやってもらうしか無い。それは殺した人と同罪だって分かってるけど、でも自分は殺せない」

「ラウレッタちゃん……なら罪を償おう？　貴方に悪人は無理だよ」

「それこそ無理よ。だって私は沢山の罪を犯した。詐欺だってしたし犯罪の手引きもした。両親は死んだ。誰もいない。ほら、見て」

「この手。私と一緒」

　彼女はそう言って自分の手を俺達に見せる。魔族になりかけた、その手を。

「なり損ないの手、邪神教徒になりきれず、人も殺せず、やめることも出来ず、すべてが中途半端な私の手。こんな手で何が出来るの？　ひとりぼっちで惨めに死ぬことしか出来ない」

そうはならない、と俺が口を開く前に発言する人が居た。

「違う」

アイヴィだ。

「ラウレッタちゃんは一人では無いよ」

「え？」

「私は貴方の友達だから。どんな手であろうと、私は摑む」

そう言ってアイヴィは笑う。彼女の他人も楽しくさせる笑顔で。

するとラウレッタが苦笑する。そんな彼女にアイヴィは近づきラウレッタの涙を拭った。

「やっぱり部長って、馬鹿ですよ」

「うーん、知ってる」

「部長。すみませんが、一つお願いして良いですか？」

「……何かな？」

「巻物を読んだから知ってるんです。このダンジョンにいくつかの強力なガーディアンが出現していることを……後始末、お願いしてもいいですか？」

アイヴィはウインクした。

「いっつも後始末は任せてたから、今日ぐらいは任せて」

　それから皆で相談し、ラウレッタや邪神教信者は拘束してグレーテルがダンジョン入り口まで帰還魔石で戻すことになった。今はアネモーヌ、ななみ、ベニート卿から取り調べを受けているが、もうすぐ送られることになるだろう。

　まだ話していないんだけど、実は結花の聖女の力と桜《さくら》さんの知識があれば半魔族化は解除することが出来る。

　桜さんに確認してないから確実とは言えないため、まだ話してないが。後で解除してあげよう。あの状態で力を使いすぎると寿命を縮めてしまうから。

　それよりも、アイヴィだ。彼女はわかりやすく悩んでいた。

　多分今は邪神教の事について考えているのだろう。第二のラウレッタを出さないようにするためにはどうすれば良いのか等を考えているはずだ。

「アイヴィさん。邪神教の事について考えてませんでしたか？」

　俺がそう声をかけると彼女はぷくーっとわかりやすくふくれっ面を作る。

「まったく、たっきーったら乙女の心を読んじゃだめだぞ！」

　体全体が悩んでますって言ってたぞ。『うーん』だなんて言ってたし。まあそれはどうでもいいか。それよりも。

「一人で無理は絶対にしないでください。邪神教に関しては俺も毬乃《まりの》さんも、トレーフル家だって追ってるんです。だから相談してください、必ず力になりますから」

一旦深呼吸すると続きを話す。

「今回の件で気がついたかと思いますが、邪神教は全員が志を一つにしている組織ではありません。ラウレッタのように復讐心を利用して操っていたり、人質を取られて戦わなければならなくなっている人も居る。俺はそんな邪神教の中に救いたい人が居るんです」

「もしかしてたっきーはもう戦ってたの？」

「まあ、何度かですけど」

そしてこれから、何度も戦うことになるだろう。命をかけて。

「ねぇたっきー。貴方《あなた》は何の為《ため》に戦ってるの？　邪神教を倒す為？」

アイヴィは目を細めて俺にそう聞いてきた。

何の為に戦ってるかって、そりゃ。

「邪神教を倒すのもやりたいことの一つですね。俺は助けたい人達、幸せになってもらいたい人達の為に戦ってるんです」

リュディ達ヒロインを守る為に。もちろん、アイヴィもだ。

「だから助けたい人を助ける為なら俺はどんな相手でも戦いますよ。それが邪神教であろうと法国であろうと」

これから来る大きな二つの山場だ。なんとしてでも俺は勝たなければならない。決して少しのミスも許されない。だって。

「俺は欲張りですから全員救いたいんです。幸せになってもらいたいんです。でもそれを成すにはとても大きな力が必要です」

そう、力が必要なのだ。俺は自分の手を見る。まだ力が足りない。

「だから俺は最強を目指してるんですよ。いえ、違いますね」

どんなに苦しく辛くともモニカ会長や伊織《いおり》を超える力を手に入れなければならない。

「最強になるんです」

そして守り抜くのだ。

ふとアイヴィを見ると、彼女は口を半開きにしてぼうっと俺を見ていた。

「アイヴィさん？」

「あっ……ううん、私も負けてられないなーって、それだけ。それだけだから」

彼女はそう言ってラウレックの方へ走っていった。

ラウレッタをグレーテルに任せて俺達は先へ進む。途中幾度かの戦闘があったものの俺達はそこへたどり着いた。

「橋が、終わった？」

ベニート卿《きょう》が言う。

今までずっと続いていた橋がぷっつりと途切れていた。

「ちょっと見てみるね」

アイヴィは警戒しながらその先へ向かう。

「むしろ水の中に入ることを推奨してるように見えるぴょん」

どうやら一本道の橋は傾斜になっており、その先はなぜか水の中へ沈んでいっているようだ。そして水底に突き刺さるような状態で終わっていた。

アイヴィはしゃがむと人差し指を立ててその水を指でつつく。アメンボが動いたかぐらいの小さな波を作った。

「ここを進むしか無いかの」

紫苑さんは嫌そうな顔をした。着物を着ているから濡《ぬ》らしたくないのだろう。

「紫苑様、スクール水着ならございますが？」

「なんでそんなの用意してるんだよ！」

「ご心配には及びません、しっかり紫苑様サイズの特注品です」

「なぜ『しおん』とひらがなで書かれておるのじゃ？」

ななみから受けとる紫苑さん。何かの奇跡が起こって着てくれないだろうか、すごく似合う（確信）。

しっかり返却されたそれはなぜか俺に差し出される。

「何かあるかもしれません、ご主人様がお持ちください」

一生無いわ。

とりあえず受け取っておこう。さりげなく「ゆいか」も渡されたんだけど何で？　結花さん、マジでこいつヤバイって顔しないで。ブルリ。なんだろ、このこみ上げる不思議な感情。

と俺達がそんなやりとりをしている横で、アネモーヌは石を投げる。それは巨大化し水の上にバシャンと落ちた。

「ふむ、深くはないな」

その様子から見るに水量は俺の足首より少し上くらいだろうか。ベニート卿とアネモーヌはその水の中に足を踏み入れる。

俺もその水の中へ入ってみたが、冷たい足湯みたいな感じだろうか。

「そういえばあれだけあった蓮《はす》や花、そして生き物が消えましたね」

ななみも俺のすぐ後に入水する。

「でもすごく綺麗ですよ、ちょっと冷たいですけど」

すぐに結花も橋を下りて入水した。

前を見ると月明かりと星が水面に反射して、まるで鏡のようになっている。角度によってはスカートの中を……いや無理か。

「うん、先へ進もう」

「っ、皆気をつけい、何かが来るぞ!?」

異常は水面に現れた。

「あれは何ですかね、とても気持ち悪いんですけど……うぇ」

黒い液体が湖の上に流れ込んでこちらに迫ってくる。例えて言えば油が水の上を浮かんでいるというのか。油を黒くすれば似たような状態になると思う。

そしてアレの正体だが、これから戦う敵を考えるに。

「あれは墨だな」

「墨、ね。なんか今までの戦闘から考えると、嫌な予感しかしないね。ははっ」

嫌な予感なんて言いながらベニート卿は楽しそうに笑う。ドMかな？　多分横で笑ってるアネモーヌもドMだろう。彼女はドSでもあるが。

「こちらに来ませんね。メイドに恐れをなしたのでしょうか」

「でもなにかの形になってませんか？」

結花はななみのボケをスルーして目を凝らす。

広がった墨は俺達のもとまでは来なかった。代わりにそれは一カ所に集まるとやがて何かを模《かたど》っていく。

全員が武器を構えそれを警戒する。

それは大きな馬を模った。

「馬？」

結花が呟《つぶや》く。しかしそれは間違いだ。あれは。

「いや、馬じゃない。アレは……麒麟《きりん》だ」

ついてないな。ここに出てくる可能性のあるボスの中で、かなりヤバイ奴が出てきてしまった。ただでさえこのダンジョンはレベルが高めなのに。まあ最悪では無い事がせめてもの救いか。

「瀧音君、アレが何か知っているのかい？」

アネモーヌの言葉に頷《うなず》く。

「アレは『水墨獣《すいぼくじゅう》』です。水墨獣というモンスターは少し特殊で、戦闘中に形態変化を行います。結花は以前似たようなのと戦った事があるよな」

「形態変化……あのスライムですね。もちろん覚えてますよ」

と俺達が話しているとその黒い液体は麒麟を描き終わる。するとどうだろう、それがだんだんと立体化し始めた。

水面に浮かんだ二次元絵が実体のある三次元に。これが美少女だったらどんなに良《い》いことか。

「水墨獣は描かれるモンスターで、何系の水墨獣なのか分かります」

「何系とはなんじゃ？」

「うさ耳系やメイド天使系や義妹系や和系、あとはイケメン系とマッドサイエンティスト系などでしょうか？」

ななみは俺らの事を話してるよね？　まあ大きく見れば合ってるか？

「違うような違わないような。ええと妖怪、鳥、鬼なんかだ」

ここでは妖怪、鳥、鬼、竜系などがこのフロアに出る可能性がある。そして。

「コレはその中でもかなりヤバイ奴」

竜よりはマシだけど。

実体化した麒麟の魔力が強くなっていく。それは足下の水面にも影響を与えた。物が水面に落ちた時のように、波紋が発生したのだ。水墨獣は動いていない、風もないというのに。

その波紋が俺達を通り過ぎるとき、まるで後頭部を殴られるような衝撃を受けた。もちろんだが俺だけではなく全員がアイツのヤバさを身をもって感じただろう。

「それで何系なんだい？　じらすのもじらされるのも好きだが、そうも言ってられなくなってきてね」

アネモーヌはイカ瓶を取り出すとコルクを外し中の液体を自分にかける。そして身体強化の魔法をかけ直す。敵の強さを肌で感じて自分のギアを一段上げたようだ。

「あれは『幻獣』です。『水墨獣─幻獣─』」

「幻獣だなんてたいそうなモノ要らないんだけどなぁ」

ベニート卿《きょう》は苦笑する。

「瀧音さん、スライムは弱点属性がありましたよね、アイツは何なんですか？」

俺は首を横に振る。

「基本的にはない」

「は？」

「ないんだ。以前のスライムにはあったが、こいつにはない。ただ形態によって攻撃が通りにくい部位があったりはする」

「逆に言えば全部が効く、そういうことだね。皆、戦う準備は……出来てそうだね」

「そうじゃの、なら先手必勝で行かせてもらうぞ」

紫苑さんは扇子を数回振る。するとその振った場所に三日月の形をした黒い刃が出現し、水墨獣に向かって飛んでいった。

刃の数は三つ。幻獣はそのうち二つはステップを踏んで軽く避け、最後の一つは頭に生えていた角で弾《はじ》き飛ばした。ダメージはなさそうだ。

と紫苑さんの攻撃を見てふと思い出す。

「そうだ、紫苑さん、アネモーヌさん。あいつに毒は効きませんので注意してください」

「へぇ残念だね。試したい毒があったんだがなぁ」

水墨獣から目を離さず、アネモーヌは言う。

「まあそこのくノ一で我慢するか」

「良くないぴょん！　ベニート、先へ行くよ。忍法、水蜘蛛《ぐも》」

アイヴィは手で印を結ぶとその場で跳躍する。そしてあろう事か水の上に立った。

「やっぱ忍者っておかしいよな」

思わず呟く。忍者の優遇されている点の一つとして地形にあまり左右されないことだ。

彼女らは跳躍力が高いためか飛行するキャラ並みの機動力があり、さらに水遁《すいとん》の術の一つに水中での行動制限をなくすとかいうずるい力も持っている。

ちなみに伊織となながみも条件を満たせばそれらの忍術を覚えることが出来る。なんだお前ら！

アイヴィは水面の上を飛びはねるようにして麒麟に向かって進んでいく。その後ろをベニート卿が進む。

「────────！」

麒麟がガラスをひっかくような声を上げると同時に、黒いギザギザの何かが麒麟の周りに浮かぶ。そして稲妻のような形をした何かがベニート卿やアイヴィに向かって射出された。

墨雷《ぼくらい》だ。また射出されたのは一つだけではない。一人に対して十個はくだらないだろう。アイヴィはそれを左右にステップしながら避ける。

「遅？　………あれ速って嘘ぴょぉぉぉぉぉっ！」

次々に発射されるそれをアイヴィはあまり人には見せられない、余裕の無い顔で避けていく。

「アレ、速度が倍々されてませんかね？」

「されてるな、遠くであるほどヤバそうだな」

最初はゆっくりだったそれは時間経過と共に速くなっていく。それも際限なく速くなるため。

「遠距離殺しですね」

ななみが矢を射出しながら言う。

「威力も距離が伸びれば上がってそうじゃの。唯一の救いはほぼ一直線に来ることか」

ななみと同じく遠距離が得意の紫苑さんもその攻撃のやっかいさに困っている様子だっ

た。

「へぇ、なかなか重いね」

ベニート卿は避けられる物はよけ、受けられそうな物は剣で受ける。そして俺達に飛んできそうな物に対しては。

「ストーンウォール」

石の壁を作り防いでくれた。それを見て俺は。

「前に行くべきだな」

もし距離があればあるほど威力が上がるなら、前方で攻撃を防いだ方が間違いなく良い。

攻撃や回復に関しては。

「後ろ任せたぜ、紫苑さん達もお願いします」

「お任せください」

「気をつけてくださいよ！　あまり大きな回復魔法は使えないんですから！」

ななみと結花。そして紫苑さんとアネモーヌもいる。

「よし、幸。進みにくいじゃろう、妾《わらわ》が送る」

と紫苑さんは俺の足下に影を送り込む。俺がしゃがみながら前方をストールで覆うと紫苑さんは影を実体化させた。

「お手柔らかにお願いします」

「任せい、もちろん全力投球じゃ」

「え、それって大丈夫なんですか？　危険すぎ……いや瀧音さんならいいですかね」

おい結花、それは良くない！

「ははっはははははっ、吹き飛ぶが良い！」

「おわぁぁあああああ、紫苑さん強すぎぃいいいいい！」

紫苑さんは笑いながら俺を射出した。それはまるで投石器のように。

以前リュディにも似たようなことをやってもらった事があるが、あの時は移動のみで今回は攻撃も兼ねている。

自分が大砲の弾になる気分だろうか。ストールで前をガッチガチに固めて、このまま麒麟へ直撃して吹っ飛ばす。そう思っていた。

俺は麒麟に近づくにつれ、硬化の力を大きくしさらに硬くしていく。そしてそれは麒麟に直撃した。

「嘘だろ⁉」

しかし吹き飛ばされたのは自分の方だった。その角は簡単に俺を受け止め、そしてそのまま投げ飛ばされる。

すぐに体勢を整え着水する。しかし麒麟は次の攻撃を放っていた。

「――――！」

またあの墨雷だ。麒麟の周りに浮かび上がった雷がいくつも俺に向かって飛んでくる。

ただし近距離であればあるほど威力が弱まるというなら。

「突っ込んだ方が良いか」

と俺はあえて前に出ることにした。後ろにはななみ達。自分が前に出れば出るほど邪魔になって後ろへの攻撃が困難になるはずだ。しかし一つ懸念があるとすれば、墨雷を撃たれている間に角での攻撃や後ろ蹴りをされることだ。

どうやって防ぐかを考えながら前に進んでいると、ベニート卿《きょう》が墨麒麟に斬りかかる。

こっちはかなり余裕が出来たがベニート卿は大丈夫だろうか。

実はアイツの一番怖い攻撃は近距離だから。

麒麟はその場で回転するように飛びはねる。後ろ蹴りだ。

草食獣達がライオンのような肉食獣にする攻撃でもある。それは時たまライオンを殺してしまうほどの威力があった。

しかしこいつは草食獣なんかでは無い。比べてはいけない。

『幻獣麒麟』なのだ。

ベニート卿は土魔法で盾のような物を作り出し、その蹴りを受けようとした。

だが受けきれなかった。

麒麟はベニート卿の盾をまるで板チョコのように粉砕し、勢いを殺さずベニート卿へ。

「ベニート!!」

アイヴィが叫びながらクナイを投擲《とうてき》する。もちろん間に合うはずも無い。それに麒麟から放たれた墨雷の一部がクナイを撃ち落とし、アイヴィへ向かって飛んでいく。

轟《とどろ》く爆音。それは盾を破壊した足がベニート卿を直撃した音だ。

吹き飛ばされたベニート卿けくるりと空中で一回転すると、滑りながらも着水をした。

「……こんなに強い攻撃は初めてかもしれない」

ベニート卿は手をだらんとさせ剣を下ろす。剣先は水に浸《つ》かってしまっていた。

どうやら剣で防御し、自身が後ろへ飛ぶことにより威力を殺したようだ。

威力を殺してこれなのだ。まともに直撃など考えたくない。

「臨・兵・闘・者・皆・陣・裂・在・前」

アイヴィの方は飛んでくる墨雷を防御していた。あの印は早九字護身法だろう。彼女の方は大丈夫だ。

俺もこの程度の攻撃なら受けきれ……!?

「まずい、ヤバイのが来ます。皆、避けてくれ！」

麒麟《きりん》は足と角に凄《すさ》まじい力を溜《た》めている。それを魔法にすれば家数軒くらいなら簡単に吹き飛ばせる、そのレベルの力が。

「――――！」

麒麟は角を俺に向ける。そして力強く地面を蹴り一直線にこちらへ突撃してきた。

「速すぎる！」

接近するのに一秒も要らなかった。

その角は俺の心臓めがけて一直線に………。

「うぉおおおおおおお！」

その攻撃を横っ飛びで回避する。ストールでもガードできる気がしない。バラバラの一撃死の未来だ。

後ろに居た皆は結構距離があったため回避は出来たようだ。しかし麒麟は全員に攻撃を避けられたものの走り続ける。

アネモーヌや紫苑さんの攻撃を受けるも、それでも止まらない。

止まらず走り続け湖の中心近くまで来ると、勢いそのまま大きく跳躍する。そして着水と同時に水面に入り込んでいく。いや入り込んでいくというより、液状化していったという方が正しいか。

「変形か。人生で二番目にやっかいな敵かもしれんな」

アネモーヌが言う。確かに彼女の一番は他とは比べものにならないだろう。なんせ実の家族だしな。

液状化したその黒い獣は、最初の時と同じように水と油のように分離している。そして湖の上で絵を作り出した。その形は大きな甲羅をもつ亀……。

「玄武《げんぶ》だ」

この湖はある意味一つの大きなキャンバスなのだろう。こんなキャンバスぶち壊したいところだが、残念ながら水を破壊なんて出来ない。

「本物の玄武と比べて蛇が居ないだけマシか」

この世界には水墨獣――幻獣――のモデルである麒麟や玄武が、ボスとして別の場所に存在している。もちろん水墨獣よりも本物の方が強い。玄武の場合は甲羅に大蛇が巻き付いているのだが、水墨獣はどこかに忘れてきたのだろう、大蛇がいない。

どうせなら甲羅も忘れてきて欲しかったが。

急いで結花達の所へ戻る。その間にも玄武はどんどん大きくなっていった。

そのサイズは熊とか象とかのチンケなレベルじゃない。もっともっと大きい。

「ほっわぁーっ大きいですね、将来はこれぐらいの家に住みたいなぁって思ってたんですよ」

結花が顔を上げ、漆黒の玄武を見ながらそんな事を言った。

「確かに立派だな。４ＬＤＫの二階建てくらいか」

一等地にこれくらいの家を建ててみたいな。大きすぎると管理面倒くさそうだからＮＧで。まあ花邑家ならメイドや執事を雇うから関係無いのかもしれないけど。

「いいね、私の部屋と実験室も頼むよ」

とそこにアネモーヌが話に乗っかる。

「家自体が実験室になりそうですね」

と、ななみがあり得そうなことを言う。彼女なら監視カメラを設置してもおかしくはなさそうだ。こっそり招き……いやだめだ。そんなことは許されない。

と俺達がくだらない話をしていると、玄武は足を上げ水面を踏む。そして、

「ォォォ………ォォォオオオオオオオオオオオ」

大きな叫び声を上げた。

「ひぃいいいい！　ここって頭のネジを無くした人しかいないぴょんか？　何であんなヤバそうなのにそんな平然としてられるのかなー!?」

戻ってきたアイヴィがそんな事を言う。

「何ででしょうね？　もう慣れたんですかね。いつもこんな感じですし」

結花に同意だ。確かにいつもこんな感じだよな。それに。

「正直ラジエルの書と戦っていたときの方がプレッシャーはすごかったしな。アレに比べたら一回死ぬぐらいで済みそうだし」

「ひぃぃいいい!?　それ死んでるぴょん！」

「さて皆。現実逃避しているところ悪いけど、来るよ」

ベニート卿《きょう》が剣を構える。

大きな水柱と波を作りながら、墨玄武はこちらに歩いてくる。サイズが大きければ大きいほど動きが鈍くなりがちだが、あいつは。

「なかなか速いですね」

ななみはそう言って弓を引くと三本の矢を連続で放った。その矢は黄色い軌跡を描きながら凄まじい速さで甲羅と顔と手に向かって飛んでいく。そして被弾と同時に大きな閃光《せんこう》と、何かが破裂するような音があたりに響いた。

「雷か」

その矢は雷の魔法で強化したのだろう。

マジエクの弓使いは雷の力を利用し高速かつ威力の高い雷属性の矢を発射出来る。なんで雷で高速に発射できるのかは知らない。

ただ攻撃速度が速いため回避が非常に難しく、ほぼ必中の攻撃でもあった。もちろんそれはしっかり玄武に命中した。命中したが。

「瀧音さん、あれってダメージ受けたように見えますかね？」

「残念な事に無傷に見えるな」

多分彼女がしたかったことは弱点部位の確認だろう。甲羅と顔と手に攻撃を当てる事により、その反応を確認する。

分かったことは。

「生半可な攻撃は通用しなそうですね」

ななみは矢を替えながらそう言った。

「甲羅にはダメージが通らないと予想が出来るが、まさか顔すらも防御なしで無傷とはな」

ゲームでも玄武形態の時は異様に守りが堅く、強い攻撃を持たないキャラは回復や強化魔法を使っていたな。三強とか伊織は関係無く殴れたけど。なんだあいつら。

玄武はこちらにある程度近づくと手足を曲げ少しかがんだ。

「あ、ボディプレス来るかも」

と俺が言った瞬間、玄武は大きくジャンプする。

すぐさま皆は回避の体勢を取る。結花とななみは脚力があるから大丈夫だろうしアネモーヌはちょっと離れてるから大丈夫か。俺は紫苑さんを両手でお姫様だっこで抱えるとストールで地面を蹴る。そしてその場から退避した。

「ほほっ、なかなか良い乗り心地じゃの」

紫苑さんは俺の首に片手を回して固定し、もう片方の手で扇子を振る。

「置き土産じゃ！」

玄武が落下したのはすぐだった。大きな水柱があがり、辺りに地震のような震動が起こる。

誰も下にいなかったからよかったものの、直撃すればぺちゃんこに違いない。

しかし人はいないものの、紫苑さんの魔法はあった。漆黒の円錐《えんすい》のような物が俺達が去った後に出現したのを見ている。

それもちょうど玄武の顔面が落ちる辺りに。

「ォォォォオオオオ」

玄武は叫ぶ。その円錐は玄武の首辺りに突き刺さりぽっきり折れていた。

「ほう、強度を上げて鋭くしたはずじゃが、あまり刺さっとらんな」

玄武は頭を振りその円錐を吹っ飛ばす。その傷口からはドボドボと墨のような物がこぼれていた。

あの体重でしかもあの高さから落下してあまり刺さってないってどういうことだよ。よっぽど硬いのか。

「ひぃぃぃぃ痛そう」

アイヴィが首を押さえながらそう言った。自分がああなったことを想像したら嫌だよな。まあそんなことよりも。

「紫苑さん、あれってちょっと怒ってません？」

間違いなく怒ってる。てか怒り狂っていた。叫んで地団駄ふんでこちらを睨《にら》みつけている。狙いは紫苑さんだろう。

と不意に俺を掴む手の力が強くなる。

「幸、妾《わらわ》達はずっと一緒じゃぞ」

そう言って紫苑さんは妖艶な笑みを浮かべる。自分が狙われてるのが分かっていてやってるなこの人。

一瞬投げ捨てたい衝動に駆られたが、そんなもったいない事はするはずも無く。

「こんな美人、手放すわけ無いでしょう。地獄の果てまでついてきてもらいますよ」

俺がそう言うと紫苑さんは楽しそうに笑った。

もう少し紫苑さんと楽しんでいたいところだが、そうもいかない。玄武がまたもや飛び上がったのだ。

しかし今度は体を甲羅にしまった状態で逆さに……。逆さ？

「何が始まるんですかね？」

結花の声が聞こえる。

「楽しそうな花火だと良《い》いんだけどね」

ベニート卿《きょう》が答える。一つ分かることは。

「楽しくは無いだろうな」

その甲羅はその場でゆっくり回転し始める。それはやがて速度を増していき、だんだん速く、だんだん速くなる。その回転で周りの風と波がどんどん強くなっていく。

そしてミキサー並みに回転したそれは、猛スピードで俺に突っ込んできた。

巨大な甲羅が高速でスピンしながらこちらに迫る。まるで河原で石を投げ、水切りをするように小さくジャンプしつつ、こちらへ迫ってくる。

花火にも高速回転する花火はあるけれどさ、コレ甲羅だしさ、やっぱアレだよな。

「これってアレじゃん。配管工のレーシングゲームじゃん」

いくつか違う事があるとすれば、甲羅が巨大で硬い事とレーシングマシンにじゃなくて人間に直接攻撃してくるって所か。こんなん死ぬ。

「紫苑さん、しっかり掴《つか》まっててくださいよ」

「承知じゃ」

俺はストールをバネのように使ってその場から離脱する。幸いにも攻撃が直線的で助かった。

それで攻撃が終わったと思っていた。しかし終わりでは無かった。

衝突音と共に甲羅が角度を変えたではないか。

「おい、ちょっと待て。なんで何も無い空間でバウンドするんだよ！」

意味が分からない。混乱しているとその理由をななみが教えてくれた。

「ご主人様っ、裸眼では見えないダンジョンの壁があるようです」

見えない壁とかそんなのあるのかよ、嘘だろ？　でもダンジョンメイドが言うからにはあるのだろう。見えない壁ね。

……………………いや普通にあったわ。

経験済みだわ。エロコスチュームで。なんで俺も着なければならないんだよアホか！

「瀧音さーん、こっちには絶対、ずぇえええったいに寄越《よこ》さないでくださいねー！」

結花はそう言って手を振る。

「どこに壁があるかわかんねぇのに、出来るわけあるかっ！」

「幸、来るぞ！」

俺はストールをバネのようにして跳躍し、もう一度避ける。もちろんだが甲羅はバウンドし、明後日の方向に向かって……あっ結花だ。

「ちょっと瀧音さんマジでふざけないでくださいよっ！」

結花は半ギレだ。さっきの台詞《せりふ》ちょっとフラグっぽかったなって思ってたけど、マジでフラグになってたな。

あとさ。やっぱこれマ○オカートだわ。緑甲羅を狭いところで投げられた感じだわ。

「攻撃でそらしたりは出来るのでしょうか」

と、ななみはアローボムで甲羅を狙う。それは一直線に進み、水面に近い所に着弾した。

破裂音と爆風がこちらにまで届く。かなり大きな爆発ではあったがどうだろうか？

「多少、ずれたようじゃの」

紫苑さんの言うとおり進行方向が少しだけずれたようだ。結花は急いでその甲羅を避ける。

俺は紫苑さんを下ろしながら辺りを見回した。

ななみ、結花、アイヴィ、ベニート卿といった前衛キャラなら多分避けられるがアネモーヌは……ベニート卿が近くにいるから大丈夫か。

「ベニートちょっとやってみたいことがある」

そう言うのはアネモーヌだった。

ベニート卿はアネモーヌの前に立つと魔法を詠唱する。そして甲羅が幾度か軌道を変えアネモーヌらの方に向かうと、ベニート卿は魔法を発動した。

それは傾斜のある……壁？　いやあれは。

「なんじゃ、坂かの？」

「ジャンプ台じゃないですかね？」

例えて言うなら土魔法で作られたジャンプ台だろうか。それは多分アネモーヌの想定通りに坂を登り、空を舞い上がりベニート卿達を飛び越す。そして見えない壁にぶつかると、

「ひぃぃぃぃいいいいい！　余計危ないってば⁉」

叫ぶアイヴィの近くに落下した。

「ははははっ。すまんすまん、だがコレなら周囲に坂を作れば回避できるかもしれない

な」

アネモーヌは笑いながらそう言った。確かに玄武は急停止は出来なそうだしその手法は有用かもしれない。だが、そろそろ変形するような気もするんだよな。ほら。

「回転が、弱まってきたね」

ベニート卿の言うとおり目に見えて回転が遅くなり、進む速度も同時に遅くなる。そして完全に止まると、玄武の足下に魔法陣ができあがる。その魔法陣は玄武が作った物だろう、すぐに発動し玄武は姿勢を正常の形に……戻さなかった。顔を前にして水泳選手がプールに飛び込むように、勢いよく水面へ。

「やっかいな敵じゃの、せっかく動きを把握し始めたというのに」

玄武は入水するように液状化した。そしてまた水面で新しい姿を模《かたど》る。

近くに寄ってきた結花は悪態をつく。

「なんてやっかいな敵なんですかね。しかも足下が水のせいですっごい動きにくいんですけど。なんで瀧音さんそんな動けるんですか？」

プールで体を動かすのが大変なように、水の抵抗が移動を阻害するのだろう。何で動けるかと言えば先輩のおかげだと思う。

「先輩と滝の下で模擬戦してるからかな。それよりも結花、そろそろ形が絞られてきたようだぞ」

次の形態は……ちょっとやっかいだな。

「今度は何なんですかね。羽がありますし鳥のようにも見えるんですが」

「羽が燃えているようにも見えますね。アレはもしや……フェニックス、鳳凰《ほうおう》、朱雀《すざく》あたりでしょうか？」

俺は頷《うなず》く。

「ななみの言うとおり朱雀だ」

そして俺には一番苦手な形態でもある。俺は大きく息を吸い込み、

「皆、次は朱雀。飛行形態だ！」

全員に聞こえるように声を出した。

「飛行するのか、あんまり得意じゃ無いんだよねぇ」

ベニート卿《きょう》は苦笑いする。水面に描かれた朱雀は立体化し空へ一気に飛び上がった。

「壮麗じゃのう」

星と月が輝く空を漆黒の鳥が悠然と飛んでいる。羽はまるで火のように揺らめいており、まるで炎の翼を持っているかのようだった。

「来るぞ！」

朱雀がくちばしを前にして、直線に降下してくる。そしてある程度降りると体勢を変え、今度は足をこちらに向けた。

狙いは……一人で居るアイヴィか。

強靱《きょうじん》な足が、鋭い爪がアイヴィを襲う。

「アイヴィさん、絶対に捕まらないでくださいっ！　捕まったら、握りつぶされて燃やされて地面にたたき付けられるまでが漏れなくついてきます！」

朱雀の目的は爪でひっかくことでは無い。その大きな足で捕獲するのが目的だ。ついでにその羽に燃やされ、勢いよく地面にたたき付けられるから三回死ねる。

「そんな欲張りセットは要らないぴょん！」

アイヴィさんは水蜘蛛《ぐも》のおかげでなんとか回避はできた。しかし。

「これ、私は確実に避けられる気がしませんよ？」

結花が言う。この足場のせいでいつもの動きが出来ないからだろう。それは結花だけの問題では無い。多分確実に避けられるのは俺とアイヴィ。そしてなぜかいつもと全然動きか変わらないななみ。また土魔法で足場を作れるベニート卿も避けられそうだ。

「ちょっと、気をつけてーっ！　なんか落ちてきたっ」

アイヴィは叫びながらそれを避ける。

朱雀はまた空へと舞い上がっているのだが、舞い上がりながら羽から何かを落としてきている。

それは漆黒の炎だ。

いくつもの炎が俺たちに向かって落下している。

「今度は弾幕かよ……」

それも百を超えるだろう炎が俺たちに向かってだ。

それを猛烈な勢いで除去するのはななみと紫苑さんだった。

「意外と簡単に除去できるのが救いですね」

ななみは雷の矢を次々と放つ。それは一直線に漆黒の炎に当たり、破裂音と共に消滅させる。紫苑さんも闇魔法で沢山の矢を生み出しそれを連続で射出していた。

二人には及ばないが俺以外の皆が遠距離魔法を使用し、炎を消していく。俺も陣刻魔石を使おう。

しかし頑張ってもすべては消せなかった。だけど数が減った炎を避けることはたやすかった。

「うーん。これだと魔力を消費する一方だね」

ベニート卿は言う。

「打ち落とすのもそうじゃが、避けるのも大変じゃの。なんなら玄武の方がマシかもしれぬ」

そう言って紫苑さんは自分に近づく炎を打ち落とす。

「また、来るぞ」

上空へ昇った朱雀はまたもや降下態勢に入る。

「瀧音さん、朱雀に弱点は無いんですか⁉」

「ある。朱雀形態は防御がもろいはずだ！」

麒麟《きりん》形態はバランス、玄武形態は防御と攻撃、朱雀形態は速さと攻撃、そして今回はまだ見ていないが青龍《せいりゅう》形態は魔法と防御のステータスが高い。だから攻撃するなら防御が弱い朱雀形態の時が一番良いとされているが。

「相手の位置が高すぎる、降りてくる最中を狙うしか無いかの」

高いし速い。地上から狙うのは難しい。

朱雀は降下スピードを上げると先ほどのように足を前にしてこちらへ迫ってきた。

皆がそれぞれ遠距離の魔法を唱える。ななみ、紫苑さん、ベニート卿、アネモーヌ、そして結花も光の矢を作り攻撃していた。しかし。

「止まらない、な」

俺たちは攻撃をやめ、今度は回避へ。俺は皆の側へ寄り、何かあった際にかばえるように待機する。

そんなときだった。

「もしかしたらだけど……イケるかもしれない。皆、ちょっとやってみるけど、駄目だったらごめんね！」

とアイヴィはなぜか水面にクナイを投げ始めた。それは水の中へ入り水底に突き刺さった。それは一本だけじゃ無い。一、二、三、四、五。五本。

そして彼女は手でいくつもの印を結びながら、魔法を詠唱する。

するとどうだろうか、突き刺さったクナイからクナイへ白い光の線が結ばれて五芒星《ごぼうせい》のマークを作った。そしてその五芒星はさらに光り輝いていく。

また朱雀も俺たちに向かって、勢いよく降りてきた。

アイヴィはタイミングを見計らい、魔法を発動する。

「水遁《すいとん》―昇龍《しょうりゅう》―」

その魔法陣から現れたのは龍を模した水だった。水は勢いよく飛び上がるとこちらへ爪を伸ばす朱雀に直撃する。

そして朱雀の攻撃は中断された。軌道が上へ逸《そ》れてしまったからだ。

「よしっ！」

俺は喜ぶアイヴィの側に寄る。そしてジャンプした後にバランスを崩し倒れそうになった彼女を支えた。

「あれ？」

「魔力を使いすぎです。今俺のを送るので」

あの技はゲームでも強かったが魔力消費が激しい。彼女は今日ずっといろんな忍術を使いっぱなしだ。あの大技の後じゃもうほとんど魔力は残っていないだろう。

俺は彼女の体に手を添え魔力を送る。

「ありがとうたっきー、きもちい……い？　え、なに、なんだぴょん？　う、うう嘘⁉　た、たっきぃ……ちょっとコレはまだ、あっ、でもあぁぁぁあああん。んっくっ」

「………すみません、我慢してください」

アイヴィの体がほてっていく。なんで俺の魔力贈与ってこうなるんだろう。程なくして彼女は自分で立ち上がる。

「……初めてを奪われた気分だぴょん」

ちょっと気まずい空気だ。

「ご主人様！　お楽しみの所申し訳ございませんが変形です」

ななみの声で我に返る。

見るとちょうど朱雀が湖に入る直前だった。それはすぐに液状化して形を作っていく。

しかし。

「もうお腹《なか》いっぱいなんじゃがな」

紫苑さんはそれを見て苦笑する。

その形には見覚えがあった。なぜならついさっきも見たからだ。

「またかよ……ついてないな」

描かれたそれは水面から飛び上がる。朱雀だった。

さて、青龍や麒麟なら俺も策があるんだが、と考えているとふと思いつく。ここにはアネモーヌがいるじゃないか。

「アネモーヌさん、ちょっと！」

「どうした瀧音君。私の体に興味があるのか？」

「いやマジでそんな場合じゃ無いでしょ」

否定はしない。大人でエッチなダークエルフとか興味が無い訳がない。

「それでなんだい？　こんな状況だ。つまらない話だったら食べるからね」

食べられたい気もするが、そんな状況じゃ無い。

俺は彼女にアレを持っているか尋ねた。ベニート卿《きょう》を見ながら。

「面白いね。やろうか……皆ちょっと時間を稼いでくれ！　おいベニート、大きな花火を打ち上げるぞ」

持っているか尋ねただけだが、彼女は察してくれた。

「時間を稼ぐって、無茶《むちゃ》言ってくれますね⁉」

結花は自分に液体をかけながら身体強化の魔法をかけ直す。あの液体は魔力回復薬だろうか。

「アイヴィさん、いけますか？」

もし時間を稼ぐとなればアイヴィの昇龍が一番確実だ。しかしそれは彼女にまた大きな負担をかける事と同義である。俺のフォローも必須だろう。

「まかせるぴょん」

彼女はもう一度同じようにクナイを投げる。しかし今回はクナイを投げる方向が様々だ。それも五個じゃない。もっともっと多い。

「こんな量大丈夫ですか⁉」

魔法を発動する準備段階でも結構魔力を消費するはずだ。しかし彼女は笑う。

「全方向に対処するならこれしか無いんだよねー。それに」

彼女は俺を見る。

「たっきーがいるじゃん？　私、たっきーを信じてるし」

彼女の笑顔を見てなぜか俺も笑顔になってしまった。なんとなく大丈夫だと思ってしまった。

「なにかあったら、任せてくださいよ！」

俺はすぐに魔力を彼女に渡す。なんかもだえ始めたがそれは我慢して欲しい。

さあ、昇龍は大技だ。もし失敗した場合、彼女は回避もままならないくらい疲弊する事が予想できる。

もし何かあった場合、俺がなんとかする。しなければならない。

こんなに頑張ってくれているのに、それくらい出来なくてどうする。

朱雀が下降してくる。俺はストールでアイヴィを支え刀に手を添えた。

アイヴィは朱雀の位置に合わせて魔法陣を構築。そして。

「やった！」

またタイミング良く魔法を発動させることに成功した。

皆が追い打ちをかけたり、弾幕炎を消している間、俺はアイヴィに魔力を送る。そして呟《つぶや》く。

「アネモーヌさん達はまだか……？」

これが続けばこちらは消耗する一方だ。早くアネモーヌ達が……。

そう思っていたときだった。

「よし、皆、ありがとう。こっちは準備できたよ！」

それはベニート卿の声だった。

彼の前に大きな丸い玉が浮かんでいるようだ。そしてその周りにだんだんと岩が集まっていく。まだまだ、まだまだ。

「ゴーレム⁉　あの丸いのは核ですかね？」

結花がそれを見て言う。ベニート卿が作り出したのはその通り、ゴーレムだ。それも。

「大きい……ご主人様のよりももっと大きい」

ななみ、なんか意味深に聞こえるからその言い方はやめろ。いや、意味深に聞こえる俺の心が汚れてるだけかもしれない。

「ほほっ、壮観じゃの～」

どんどん、どんどん岩が集まっていく。それも十メートルを超える。

ベニート卿が作り出したのは巨大なゴーレムだった。

「ふふ、僕だってこれくらいは出来るのさ」

それを見た結花は目をきらめかせた。

「すごいです、それなりに見直しました！」

「……僕って見直されるほど評価低いのかな？」

紳士淑女《エロゲプレイヤー》からの評価は高いぞ。大丈夫、安心してほしい。

それにしてもあのゴーレムだ。

なんて言うかめちゃくちゃかっこいい。不格好で粗削りな感じ。昔のロボットアニメにありそうな姿。もしこれがアニメだったら専用のBGMが流れ、勝ち演出がされる場面であろう。

ドシン、ドシンと頼もしい足音がゴーレムから聞こえる。

朱雀はそのゴーレムを敵認定したのだろう。ゴーレムに向かって勢いよく降下してくる。

そして体勢を変え、足をゴーレムに向けた。

ゴーレムは両腕を前方に出しその朱雀の攻撃を受け止め――――る事は出来なかった。

あろう事か宙へ浮かんで……。

「って、持ってかれてるじゃないですかぁあああああああああああ⁉」

「はははははっはーはっはははははははは！」

結花はぶち切れベニート卿は浮かぶゴーレムを見て笑う。心底楽しそうに。ゴーレムは必死に腕をばたつかせるが、それは朱雀に当たっていない。

朱雀の攻撃パターンがゲームと同じならこれから、

「あんな落とされたらこっち潰れますよ！」

俺達がいる地上にゴーレムをたたき付けるだろう。しかしアネモーヌとベニート卿は笑っている。

なぜなら。

「作戦通りですね」

それは想定内の事だったから。

「皆のおかげですごいのが出来たよ」

ベニート卿が満足そうに頷《うなず》く。

「ふふ、私の傑作をお見せしよう。皆、防御魔法をかけてくれ」

アネモーヌがそう言って手を上げる。そしてパチンと指を鳴らした。

まばゆい閃光《せんこう》が辺りを包む。

一瞬ゴーレムが信じられないくらい膨らんだように見えたが、それはあながち間違いでは無かっただろう。

ゴーレムは爆発したのだ。それも大、大大爆発だった。

閃光から少し遅れて音が届く。鼓膜が破れそうなほどの凄《すさ》まじい爆音だ。

「って、おわあぁぁ」

俺はストールで、上から勢いよく落ちてくる石をはらう。そして近くに居たアイヴィへ飛ぶ岩もはらった。

アネモーヌは発明家である。彼女が扱うのは触手や媚薬《びやく》だけでは無い。爆弾や自爆アイテムなんかも作る。てかゲームで彼女の一番ダメージが出る攻撃は爆弾である。ア〇リエシリーズかよ。

だから俺は彼女に聞いたのだ。爆発するゴーレムの核を持っていますかと。ゴーレム爆弾はゴーレムが良質であればあるほど威力が強くなる。

そのため土属性が得意なベニート卿がその自爆核を使いゴーレムを作り自爆させたのだ。

もしフラン副会長がいたら彼女にお願いしても良かったかもしれないが。元々は彼女用に作られたアイテムだし。

「ふむ、成功して良かった。試作品だったからな」

となんか怖いことを言うアネモーヌ。

「成功なのはよろしいのですが、残念な事もありますね」

ななみは空を見て言う。まだアレは健在だった。

「……あの爆発で生きているのか」

朱雀は生きていた。体中からドバドバと漆黒の液体を流しながら生きていた。ゆっくりとこちらに向かって降下してくる。そして俺の三十メートル先くらいに着水する。

そして朱雀は体中から液体を流しながら翼を広げた。ただでさえ馬鹿でかい鳥だというのに、自分の体よりも大きな翼を広げたのだ。

その姿を見てふと思い出す。

「アイヴィさん、俺は昔動画を見たことがあるんです」

「それは何かな？」

「鷹《たか》が蛇と戦っている動画です」

鷹が自分の体より大きな翼を広げコブラを威嚇している動画だ。

「蛇はボコボコでしたね。足もくちばしも速度が半端じゃなかった」

「……ねえたっきー、まさか私達が蛇？」

俺は首を横に振る。

「まさか、ただ思い出しただけです。よく考えてください、俺達は人間ですよ？　どっちが上か教えてあげましょう」

「ご主人様、今日の夕食は焼き鳥ですね」

「塩もタレも好きだからな、調理は任せたぞ」

「妾《わらわ》もご相伴に与《あずか》ろうかの」

「私はもう胸焼けしそうなのでいいですかね……それよりもお風呂に入りたいです」

皆の言葉を聞いてアイヴィはフフ、と笑う。

「なんだろ、たっきーの側にいると常識がどんどん壊れていく気がする」

「ご主人様は非常識の塊ですからね」

「お前が言うな」

そう言いながら俺は朱雀を睨《にら》む。そして朱雀もまたこちらを睨む。数秒ほど経過しただろうか。

それは突然の行動だった。朱雀が羽をばたつかせたのだ。

今までにないパターンの行動だった。そしてその突風は多分攻撃目的では無い。

「風魔法⁉」

「きゃっ！」

「くっ」

朱雀が作り出したのは竜巻だ。その荒れ狂う風に仲間達が飛ばされていく。俺はストールと両手で地面を摑み、なんとかこらえる。しかし他の皆は飛ばされ散り散りになってしまった。

そして朱雀は竜巻の中を飛び、彼女を狙いに行った。それは……アイヴィだった。

アイヴィは近くにあったクナイを利用し、また昇龍の呪文を唱える。しかし朱雀はひるまない。もしかして自滅覚悟？

「アイヴィさん！」

俺はストールをバネにしてアイヴィのもとへ進む。しかし間に合わない。

アイヴィは大技の後だから動きが鈍い。彼女は残った力で変わり身の術を使用するも、もう魔力は空《から》に近いだろう。

朱雀は変わり身の丸太を爪でバラバラに切り裂きながらアイヴィを通り過ぎた後、今までのパターン通り空へと飛び上がると思ったのだが。

飛び上がらない。朱雀は地上に降り立ち、両翼を広げアイヴィを威嚇していた。

ようやく追いついた俺はアイヴィの前に立つ。そして自分の魔力をあふれさせつつストールを前に出し、朱雀を威嚇し返す。

「………たっきー、逃げて」

魔力がほぼないため、かなり衰弱している。今の彼女は身体強化すらままならないはずだ。

朱雀は不意に後ろに飛び上がると、またもや竜巻を作り出す。ななみ達が俺達の援護をしようとしていたらしい。それを防いだのだ。

「相手もダメージがでかいようだな」

朱雀の体から大量の墨がこぼれている、それがせめてもの救いか。

魔法を使い終わると朱雀はまた降り立つ。俺達の前に。

「アイヴィさんは好かれましたね」

朱雀はメンヘラなのだろうか？　エロゲならともかく現実ではあまり好かれたくは無いタイプだな。

昇龍《しょうりゅう》がよっぽどうざかったのだろうか、もう朱雀はアイヴィを殺すことしか考えていないのだろう。朱雀の魔力が高まっていくのが分かる。

「逃げられない、か」

俺との間は十メートルぐらいだろうか。朱雀の脚力なら一瞬で距離を詰められるだろう。変な動きをすればその爪が俺達を突き破る。

「おねがい、たっきー、私を置いて逃げて」

朱雀の溜《た》めている力を見て、アイヴィは言う。

アイヴィは俺が攻撃を防げないと思って居るのだろうか。

「ストールじゃ絶対防げない、威力を殺せない」

確かにストールでは防げないかもしれない。いや防げないだろう。だけど逃げるという選択肢は無い。

後ろに彼女がいるのだから。

「私、たっきーに傷ついてほしくない」

例えば相手の攻撃を防げないとしよう。ならどうすれば良《い》いか？　斬れば良いのだ。

「奇遇ですね、俺もですよ」

「えっ？」

「あれ、言ってませんでした？」

刀に力を溜める。溜めて溜めてそして極限まで集中をする。もっと、もっと集中だ。さあ、周りがスローモーションに見えるまで。

「俺が幸せになってもらいたい人の一人は、アイヴィさんですからね」

「……っ！」

俺が失敗したら俺だけで無く彼女も死ぬ。だからなんとしてでも成功させる。

することは単純だ。斬れば良いのだ。

朱雀《すざく》は翼を広げ足を上げ、こちらを睨む。

俺も鞘《さや》に力をため、朱雀を睨む。

勝負は一撃で決まるだろう。相手は満身創痍《まんしんそうい》。こっちは防御をするつもりは無いし、後ろにはアイヴィがいる。

「必ず守る」

相手は多分俺よりも格上だ。しかし負ける気はしなかった。

斬るべき線は見えていたから。

振り下ろされる足に向かって俺は刀を抜く。

十章　エネルギー革命

朱雀《すざく》が魔素に変わっていくのを見ていると後ろから衝撃が来る。

「たっきー、その……ありがとう」

アイヴィはとろけた目で俺を見る。顔が真っ赤だった。

「アイヴィさんって、おわっ」

俺がアイヴィに見とれていると、彼女は急に抱きついてくる。

「たっきーたっきーたっきーたっきー!」

そして叫んだ。

「ちょアイヴィさん。耳元で叫ばないでください」

「うゔうだっぎーぃいいぃいゔい」

ちょ、耳元で泣かないでください!

と俺はアイヴィをなだめているとふと気がついてしまう。それは正方形の物体だった。

これは多分……あのドロップアイテムか。しかし解錠魔法が無いと開けられないんだよな。

もしかして黄金の招き猫効果？　そういえばそのまま持ってきたもんな。

「後でこれをどうするか皆に相談するか」

とそれを一旦しまった。

それからアイヴィの頭をなでていると。

「はは、無事でよかった」

そう言ってこちらに来たのはベニート卿《きょう》だった。それを皮切りに皆が続々と集まる。結《ゆい》花《か》は回復魔法を使用しながらこちらに歩いてきた。

紫苑《しおん》さんやアネモーヌはちょっとケガをしたのだろう。

アイヴィが落ち着いたころに、それは起こった。

「なんじゃ？　地震か？」

地面が揺れはじめたのだ。紫苑さんはそう言って俺のストールを掴む。結花もだ。俺は柱じゃ無いんだが。

そしてモーセの逸話のように水が割れたかと思うとそこに橋が現れた。それも今までの木の橋とは違い石とタイルで作られた橋だった。そしてその先には。

「あれが八咫鏡《やたかがみ》か」

「そうです」

橋の先に祭壇のような物があり、そこに一枚の鏡があった。しかし。

「鏡、ね。全然鏡に見えないのは私だけかな？」

アネモーヌがそう思うのも仕方ない。なぜなら鏡面が漆黒だったからだ。

「それはそういう仕様です。それよりもすぐに回収しましょう。生徒会も風紀会もガーディアンと戦い続けているでしょうし」

「そうだね」

ベニート卿《きょう》、そしてアネモーヌが手をワキワキしながら歩きだす。アネモーヌはあの鏡に興味津々なんだろう。

アイヴィはぴょんぴょん跳ねながら進んでいく。なんであんな進み方をしているのかと思ったら、色違いのタイルだけを選んで進んでいるみたいだった。俺も小学生の時やったなぁ。

と近くを歩く紫苑さんは「お主は子供か」と突っ込みを入れていた。

「そういえばもう罠《わな》とかは無いんですよね？」

結花は俺の隣で話す。

「大丈夫だ、安心して進んで良いぞ。てか俺達も行こう」

そう言って俺達が橋を歩き始めるとななみが小走りで近寄ってくる。

「お待ちください、ご主人様」

そして小声で話し始めた。

「ご主人様、今ふと思いまして……かなり大切な確認をしておきたく」

「かなり大切な確認？」

「はい、もしかしたら一生の事です。結花様もこちらへ」

「ん、なんですか？」

一生の事？　それはいったいなんだろう。

「いつもの傾向から考えますと、ダンジョンを攻略後に常軌を逸したフロアに移動する場合がありますね？　例えば変なコスチュームを着せられるような」

「あぁ……」

結花はすごく嫌そうな顔で頭を押さえた。

「このダンジョンにはそういったフロアは存在しているのですか？」

なぜ小声かと言えば、俺の面目を保つためだろう。なんせエロダンジョンをいっぱい攻略してきてますと皆に話すようなものだからな。アネモーヌの耳に入ることは想像したくない。

ななみは素晴らしい。本当に素晴らしい配慮だった。

そしてあるかないかで言えば。

「ある。あるけれど大丈夫だ」

「っはぁーっ!?」

「まあ結花、最後まで聞け。子供じゃないと無理だ。いや子供でも難しい」

「ご主人様、それはなぜでしょう？」

「いいか、それはこの今渡っている橋が関係してくる」

「この橋ですか？」

「ああ、この橋だ。ほらこの足下を見て何か思わないか？」

「まあ普通の橋かなぁと」

「まあそうなんだけど……ヒントはこのタイルだ」

「色違いですね。まさかですが……？」

「ああ、ななみのお察し通りこの色違いのタイルだけを歩いて橋を渡りきり、その場で三回転した後に拳を突き上げることでそのフロアに行くことが出来る」

「なるほど、子供でも難しいですね」

「タイルの色違い歩きはまあ、稀《まれ》に子供で見るけれど……それから三回転して拳を突き上げるとか、マジでしてる人見たことないしな」

そんなやつ、いるわけ無いだろう。エロCGを入手するためには避けては通れない道だが、平常心でそんな事をね。まさかっ（笑）。

「なら安心ですね♪」

「そうですね。皆様がいる前では恥ずかしいですしね。後日結花様が二人きりでやってくださるそうですよ」

「やりませんよ、なんでわざわざ自分の寿命を削らな………ねえ瀧音《たきおと》さん？」

結花は表情を変えて前を見ている。俺とななみは結花の顔を見て、その目線の先を見て気がついた。

「……ねえ、瀧音さん。その、アイヴィさんの動きってなんかおかしくありませんか？」

「まさか、あ、いや、確かに」

間違いない、色違いのタイルしか踏んでない！　そういえば最初からピョンピョン跳ぶなと思っていたような……まだ続けてた、だとっ⁉

でもさ、よく考えてみろ。三回転するか？　拳突き上げるか？

なんでだろう、嫌な予感が拾てきれない。ギャビーも信じられないことをやらかしたし、招き猫の時もそうだった。可能性はゼロじゃない。

「ななみ、結花急ぐぞ。なんとしてでも止めるんだ」

「ちょっと無理じゃないですか、もうすぐ渡りきりますよ⁉」

橋の中程に俺達、そして渡りきりそうなアイヴィと紫苑さん。そしてすでに渡りきり祭壇を調べているベニート卿とアネモーヌ。

「ご主人様、急ぎましょう」

俺達は全力でアイヴィ達の方へ向かう。もしかしたらボス戦でもこんなに急いで走った事は無いかもしれない、それぐらいの速さで走る。

「アイヴィさん、止まってっ！」

「んーたっきー？　もうちょっとまって！　もうすぐゴールだから！」

いや、そのゴールに行くなって話だよ！

「瀧音さん、どうするんですか⁉　ついちゃいましたよ⁉」

「待て、慌てるのは早い、よく考えるんだ。一体誰がその場で三回転するっていうん……

ああああ⁉」

「ご主人様。その、アイヴィ様はその場で回転を始めたようですが」

あ――――――――も――――――――――⁉

こうなったらタックルだ。タックルして彼女を止めるしかない。

と俺はストールをバネのように使ってアイヴィに向かってジャンプする。しかしそれは間に合わなかった。

「いぇえええええええええええい！」

彼女は綺麗に三回転するとその場で拳を突き上げた。

アイヴィの足下に転移魔法陣が出現する。

姿を消したのはその場に居たアイヴィと近くにいた紫苑さんだ。紫苑さんは残念ながらとばっちりである。

そして、投げられたボールが急に止まらないように。

「うわあああああああああ」

俺もその魔法陣の中に飛び込んでしまった。

こんなこと想像出来ただろうか。いや普通出来ないだろう。誰が三回転して拳突き上げるだなんて。最悪だ。最初にピョンピョン跳んでた時に止めるべきだったんだ。

もう、反省はよそうか。ずっと四《よ》つん這《ば》いで項垂《うなだ》れてても仕方ない。さっさと終わらせて家に帰ろう、そうしよう。

意を決して顔を上げる。

そこに居たのは混乱する二人の女性だ。

「ほわぁ～」

「なんじゃここは……」

二人が驚くのも無理はない。先ほどまでは幻想的な風景のダンジョンだったのに、今はよくわからん屋敷の前に居るんだからな。

とりあえず立ち上がり、二人がケガをしていないか確認する。

まあ、もちろんしていない。するわけが無い。基本的にエロダンジョンはケガと無縁だ。心は除く。

とりあえずここが隠しフロアであり、ベニート卿達は無事であることを伝える。また心配しているだろうから早く合流しようと提案した。どうせ帰還系アイテムはすべて利用不可だし確かめなくて良《い》いよね。

そしてエロダンジョンのことはまだ言う勇気が持てない。

「ならこの大きな屋敷を進まなければならんのか？」

「しーちゃんが住んでそうな和国の家みたいな感じだよね？」

確かに見た目は和風の豪邸だ。しかしサイズが……平安京の平安宮レベルなんだよなぁ。あそこはおよそ五十万坪あるんだったかな？

「全貌が見えぬが、ここまで大きくないぞ」

「まーここで見てても埒《らち》が明きませんし、先へ進みましょう。ね、瀧音さん」

「そうだな……ん？」

紫苑さんでもアイヴィでもない、第三の声が隣から聞こえる。この話し方は……。

「ってなんで結花がいるんだ⁉」

「簡単に説明すると、じゃんけんで負けました」

「………どういうことだ？」

はしょりすぎじゃね？

「ななみさんと話したんです。どうせ人体に被害は無いのだから、どちらかがフォローに行って、残った方がベニート卿に現状を説明してガーディアンの出現を止めようって事になったんです」

「それでじゃんけんか」

人生を左右しそうなじゃんけんだな。俺だったら頭抱えて叫びそう。それをじゃんけんで決めて良いのだろうか。てか。

「私は『二人で残って説明』を必死に推したんですけどね、ななみさんはご主人様のためにも行くべきですと譲らなくて」

それは俺にサービスシーンを見せようとしているのか、俺に心労をかけたいのか。とりあえず。

「なんか色々すまん。でも来てくれて嬉しい。かなり不安だったから」

エロダンジョン未経験者に説明とか罪悪感で心が折れそうになるんだよなぁ。

「……まあ確かに私も瀧音さんの事は心配だったので。心配ってちょっとですよ、ちょぉおぉっと」

そう言って人さし指と親指でCを作るようなジェスチャーをする。おい、指がくっつきそうだぞ。

「ま、それにまあ色々助けてもらってますし、瀧音さんだったまあ我慢できますし」

少し顔をそらし彼女は言う。最後の方は小声だった。

「……正直結花が来てくれて心強いよ、冗談とかじゃ無く本当にな。ありがとう」

結花は俺の視線を感じて顔を赤らめた。

「あ、結花、その……」

「お主ら、取り込み中悪いがそろそろ状況を説明してほしいんじゃが」

紫苑さんの声で我に返る。

「とりあえずガーディアンのことは心配無いってことだよね」

結花は咳払《せきばら》いして恥ずかしそうに服を整えながら頷いた。

「ならここはなんなんじゃ？」

「ええとここはですねぇ……なんて言うんですかね？　罰ゲーム？」

紳士淑女《エロゲプレイヤー》からすれば、どんなことがあっても来たいボーナスステージなんだけどな。

まあ今の俺達からすれば。

「まあ、罰ゲームだな」

「罰ゲームじゃと？」

「とりあえず中へ入りませんか？　どうせ何かあるでしょうし」

確かに結花の言うとおりだ。その方がぶっ飛んだ話をしても信憑性《しんぴようせい》が出て説明が早いから。

「結構暗いのう」

その室内は少し暗かった。明かりは蠟燭《ろうそく》と人魂《ひとだま》のような火の玉だけだ。

「嫌な雰囲気……でも敵の気配はないね」

「ぁーアイヴィさん、警戒しなくても大丈夫ですよ」

と警戒しているアイヴィにリラックスするように言う。まだ警戒は必要ない。

「それにしても、なんじゃこりゃぁ」

と紫苑さんは糸で吊《つる》された人形を指でつつく。それは白い布をかぶって▲のハチマキみたいなのを装備した人形だ。

「わーっ、もう最悪ですよ……」

何かを察した結花は俺を前にして服を摑む。彼女はここが何をテーマにしているか気がついたのだろう。

お化け屋敷である。

このエロダンジョンはお化け退治をベースにエロを足したようなダンジョンだ。今歩いている廊下も、高級旅館に少しホラー要素を足したような、そんな見た目になっている。

それから少し進み、俺達がたどり着いたのは、受付のような場所だった。

受付のカウンターの上にホログラムのような物で映し出された案内板らしき物がある。

紫苑さんはその案内板を見て目を細めた。

「……読めんな」

しかしそれは古代語で書かれており読める人が居ない。ななみかアネモーヌが居れば読めるのだろうが。

「確かに読めませんね……」

結花も同意する。もしかしたらどこかに翻訳してくれる物があるかもしれないので。

「ちょっと調べてみよう」

まずこの場所の探索から始めよう。

それに俺の想像していたエロダンジョンとは違うフロアに来ている可能性もある。海が完全に干上がるくらいの奇跡が起これば助かるかもしれない。

少しして俺は受付近くに小さなホログラムディスプレイを発見した。そこには『日本語』とあったのでそれをタッチしてみる。

「あっ、たっきー、読めるようになったよー。えーと……お化け屋敷？」

「雰囲気でなんとなく察しておったが、お化け屋敷とな」

「あーもう最悪ですよ。ほんっと最悪です」

結花が愚痴る。結花は一部のホラー系が苦手である。しかし心配は本当に不要である。もっと別のことで絶望することになるだろう。

「ん、お主お化けが苦手なのか？　モンスターとかは普通に倒しておったような？」

「戦闘する相手の見た目がグロイとかなら別に良いんです。ゾンビだって妖怪だって怖くないです。戦闘スイッチも入ってますし。ただ人間の心理を衝いて脅かそうとしてくる物が苦手なんです。それにお化け屋敷とかで攻撃できないじゃないですか」

彼女は心理を衝いて脅かすことを目的として作られた物が苦手だ。その気持ちは俺も分かる。今の俺はゾンビと戦うのは全然怖くないが、バイオ○ザードは怖い。ＶＲでやったら失禁するかもしれない。ＶＲエロゲだったらまあ別なのを出してしまうだろうが。

「ただのお化け屋敷なぞ、べっに罰ゲームとも思わんが……」

ただのお化け屋敷ならな、ただのお化け屋敷じゃ無いから困るんだよな。てかお化け屋敷要素ほとんど無いからな、ここ。

少ししてその画面が切り替わる。

「んーなにこれぇ。着替えろって事かなぁ？」

それは人のマネキンのような絵に、別の服を着せる画像だった。今着ている服から着替えろと視覚的に表示している。

あ、文字も出た。『着替えてから進んでください』だってさ。

結花はすっごい冷めた目で画面を見ている。もしかしたら何らかの古傷が痛んでいるのかもしれない。あれは魔法少女……うっ俺の古傷もうずく。

「どうしたんじゃ、二人してそんな顔をして」

「心が、折れそうだなと思いまして。あ、画面変わりましたよ」

結花の言葉で全員がホログラムに視線を向ける。

そこには巫女《みこ》服を着た女性キャラが、割れた石のような物に御札《おふだ》を貼っている絵が映っていた。そして『オバケが出現した原因の石を封印しましょう』という文字も現れる。そのあと笑顔で外へ出る絵も映し出された。

「これってゴール条件ですかね。石に御札を貼り付けるとクリア」

結花がそう言うとまた画面が変わる。

声を出す人の絵の上に×マークが付いていた。また物にぶつかってガタと音を立てている絵にも×が書いてある。

「ほう、『静かに進みましょう』ということじゃな」

「しかも音を立てると罰ゲーム、らしいよー。何だろうね？」

「あとは好成績で踏破すると素敵なプレゼントが貰えるらしいの」

そして画面が切り替わる。それは人が尻から空気を出す絵だった。それにも×マークが描かれている。

「瀧音さん？」

普段の結花から一オクターブ下がったような、心の底から軽蔑するような声が俺に突き刺さる。

とそこから人が歩くマークと矢印が表示された。多分こっちに行けということなのだろう。詳しい説明はそっちでするっぽい。

「瀧音さん？」

結花は一言一句、全く同じトーンで話す。あと数回このトーンで言われたら土下座してしまいそうだ。すでにしたい。

彼女のジト目が、分かってますよね、と訴えてくる。

「い、行こう」

俺は先へ行こうと促すことしか出来なかった。

進んだ先の部屋にあったのは、桐箪笥《きりだんす》と大きな鏡だった。そして先ほどと同じようにホログラムが映し出されている。今は箪笥を開けろと書かれていた。

「立派な箪笥じゃの」

「罠《わな》はなさそうだね」

解説フロアに罠なんか無い。もうこの場所に来た時点で罠にはまってるようなもんだしな。吐き気がする。

アイヴィ達が簞笥を調べている中、俺はそのホログラムに触れる。するとやっぱりというか、まあ想像していたとおりというか、これが現実だと改めて思い知らされた。

さあ、どうやって俺はこれを伝えれば良《い》いんだろう。

「ん、なんじゃこの服は？　巫女服かの……はぁっっ⁉」

俺は紫苑さんの叫ぶ声に振り返る。彼女は何かを持ったまま静止していた。

隣に居たアイヴィも目をまん丸にして紫苑さんを、その手に持つ服を見ていた。そして絶句した。

結花も紫苑さんの横に行くと服を見て、俺を見て、軽蔑するような視線で服を見て、俺を見てため息をついた。

恐る恐る結花の隣に行くとその服を見る。

譬《たと》えて言うならギリギリ原形をとどめた巫女服と言って良いだろうか。少しの傾斜で見えるであろう赤いミニスカート。横乳、脇が丸見えな水着のような胸当て。そして腕に装着するのだろう巫女服の袖部分。

この服の色が赤と白で無ければただの痴女である。

いや、巫女服カラーでも痴女である。

「ちょ、えっ⁉」

結花は何かに気がついたのだろう、箪笥から何かを取り出す。

赤いヒモと白く頼りない最終防壁。

「て、てぃばっくひもぱん」

ヒモパンだった。結花は膝から崩れ落ち呆然《ぼうぜん》とそのヒモパンを見ていた。

「わ、妾《わらわ》にこれを着ろというのか⁉」

なんか声がうわずっている紫苑さん、こんな紫苑さん初めて見た。

あーもうすっごく可愛い（現実逃避）。

「じょ、冗談だよねたっきー。こんなのアネモーヌじゃ無いんだから」

俺は二人の縋《すが》るような視線に耐えられずに目をそらす。これを着ないことには、進むことは出来ない。

「似たようなダンジョンで……俺と結花は…………………くっ」

「うそ、じゃ……嘘じゃと言ってくれっ」

「嘘じゃありません。本当ですし、これだけじゃ無いはずです。ね、瀧音さん」

結花の言葉に俺は頷《うなず》く。

マジカル★エクスプローラーのシナリオライターがこれだけで終わらせるわけが無い。

ここからいくつも盛ってくるからこそ、この作品が紳士淑女から評価されているのだ。

「さて、ここはなんですか。私の覚悟は出来てます。また服が透けるんですか?」

「服が透けるぅ⁉」

「そんなまさか。嘘だよ、嘘だよねたっきー⁉」

「いや、以前は服が透けたが、今回は違う。場合によっては今回の方が……」

「なら、その。リュディさんから聞いたんですけど………母乳ですか」

「え、母乳?」

なんのことか理解できず、アイヴィは聞き返す。

「妊娠していないのに、母乳が出るようになるダンジョンがあったらしいですよ。そこで地獄を見たとか」

「ぼ、ぼぼぼおぼぼにゅぅぅぅうううううじゃとぉおお⁉」

「えぇーっ⁉」

紫苑さんとアイヴィは顔を真っ赤にして胸を隠すような仕草をする。可愛い。しかしそれは思い出したくない記憶でもある。

「違う、母乳では無い」

「……まあそれは察していました。どうせ最初に見たあのイラストが関係しているんでしょうね」

と投げやりな様子で結花は言う。そして優しい笑顔で俺の肩をたたいた。

「安心してください。瀧音さんが悪いことをしたわけでは無いのは知っています。もしこのダンジョンを作った人が居るなら、そいつを罵倒しますよ。瀧音さんはついでに罵倒するぐらいですかね」

「罵倒するんじゃねぇか！」

「うるさいですね、冗談に決まってるじゃないですか。ほら、早く話して楽になってください」

俺は近くにあったホログラムの前まで行き、手をスライドさせる。

するとそこには『物音を立てた女性の体に幽霊が入り込む絵』が。

そしてその絵の横に右矢印が書かれていた。

その矢印の先には『両目を白目にして大きく口を開け舌を出しダブルピース』している絵が描かれている。

「…………」

「…………」

「…………」

時間が止まった。さび付いた機械のようにぎぎぎ、とこちらを見る三人。俺は土下座した。全く悪いことをしていないのに、良心の呵責《かしやく》が起きている。

もう言うしか無い。

「そのですね、物音を立てると、幽霊が入り込んでいきます」

「それで？」

結花は先を促す。感情も抑揚も無い声で先を促す。

「幽霊が入るとですね、その……白目を剝《む》いて舌を出してですね」

「は？　なんですか。もう一度、わかりやすく言ってください………言え」

俺は地面に頭をこすりつけた。そして叫ぶ。


「アへ顔をさらしますっ」


一瞬の沈黙。声を発したのは結花だった。

「…………は？　アへ顔って何ですか？　ね、瀧音さん。もう一度聞きますよ、いいですか？　アへ顔って何ですか。アへ顔の存在理由って何ですか」

あ、これ何を言っても駄目なやつだ。とりあえずお茶を濁そう、なんとか濁そう。

「その、アへ顔とは快楽に負けて自我を失い人には見せられないような表情というか、そんな感じでですね、ええと」

「知ってますよ、あの絵を見たら分かるじゃないですか、そんな事を聞きたいんじゃ無いんですよ!?」

「はいぃぃぃ！」

そうだろうと思ってました！

「わ、妾はこんな顔をさらすのか……？」

紫苑さんは縊るような目で俺を見ている。しかし俺には何も出来ない。普段クールなキャラほどエロダンジョンでダメージを受けがちだ。紫苑さん、後は先輩、フラン副会長なんかが特にダメージが大きくて最高だった。

「な、なんとか脱出出来ないの!?」

と帰還用の魔石を取り出し必死に使おうとするアイヴィ。

「無理ですね。私とギャビーさんは似たようなダンジョンで試せることはすべて試しました。諦めましょう。それよりも」

彼女が話している途中から画面が変わる。

「私には説明して欲しい事があります。あの絵です」

彼女がホログラムを操作する。表示された絵は尻から空気の塊を……オナラをしている絵だった。

「なぜ、なぜですよ。わざわざ放屁《ほうひ》をあそこに描くんですか？」

普段から勘のいい彼女はすでに察しが付いていた。その通りだ。

言わなければ、ならないだろう。

「実はですね結花さん。そのですね、このダンジョンには罠がありまして……」

言いたくないが……言うしか無い。

「罠に掛かるとガスが腸内にたまりましてですね、出たいと暴れ出すんです」

「何でそんなわかりにくい言い方するんですか。屁《へ》とかオナラとか放屁ってはっきり言ってくださいよ！　放屁って！　……あれ？　ちょっと待ってくださいよ」

それを聞いた結花はすぐに察したのだろう。

「放屁は音が出る。もしかしてアヘ顔をさらす可能性も？　あっ⁉　さっきの放屁に×マークの絵」

結花は察しが良すぎる。俺が言う前にここが凶悪である一番の理由を見抜いてしまった。

アマテラス女学園では『罠＝尿意＝お漏らし』だけだった。いやそれはそれで計り知れないダメージなんだけど。

このダンジョンでは『罠＝放屁＝幽霊飛来＝アヘ顔』までがセットである。そしてアヘ顔状態を直すために必要なのが……だめだ俺には口が裂けても言えない。

と不意に画面が切り替わる。

それは男性、女性が喜びながら屁をかけ合う新世界が描かれていた。その絵の不気味さに俺以外の皆は絶句した。俺は頭を抱える。

「あはは。見てください、笑いながらかけ合ってますよ。あははははははははははは地獄絵図ですかね？　あははははははは」

結花が壊れたように笑う。

最悪だ。これはエロゲ雑誌に付いてきたアペンドディスク『オナラ増強パッチ』を当てた後なのだろう。これは放屁がより強力になるパッチなのだが言わなければバレな——

『今がチャンス！　期間限定で放屁音150％匂い200％感度1000％』

——なんで文字が表示されるかな。ここはスーパーじゃねぇんだぞ！　お得、安いみたいに書いてるんじゃねぇ！

これは単純にネタで収録されたであろう、オナラ増強パッチである。ヒロイン達がより恥ずかしそうに放屁する絵が追加された。

ゲームユーザーからは『アホなことしてるな』『面白い』『もっと追加すべきイベントがあるだろ』といった意見があり、最終的にやや好評で結論付いた。エロ絵と文章は最高だった。

しかし現実はそうはいかない。

「……放屁音が150％は一万歩譲って分かりますよ？　何ですか匂い200％って匂い

ね匂い匂い匂いはははっはははは匂い200%。ふざけないでくださいよ！　臭くなることで喜ぶ馬鹿がどこにいるんですか。そもそも漢字すらおかしいですよ」

結花は分かっていない。分かっていないぞ。

そもそも美少女のガスは天然ガスよりも価値があると言われる世界だ。匂いアップは皆が喜ぶんだよ！

例えばだ、すっごい美少女、まあ結花で良《い》いか美少女だし。結花がいたとしよう。もし結花が使用済みパンツを売りに出したとして、見た目綺麗《きれい》なパンツとどこか汚れているパンツ、どっちが売れると思う？

汚い方なんだよ！

つまりギャップよギャップ。普段良い匂いのする美少女から生々しい匂いや汚れがあったら、えへへ、これが結花ちゃんのって俺は何を語ってるんだよ！

まあオナラだってそうだ。美少女の匂いの無いスカ放屁よりもくっさい爆音放屁が良いんだよ！　しかも結花は臭いオナラをした事で顔を真っ赤にして羞恥の表情をするだろ。

臭い方が余計恥ずかしいだろ。

すべてが良いんだよ。ば————か（逆ギレ）。

最高だよ。オナラ最高！

そんな事を言えるわけねぇよなぁあああああああああああ!?

「すみませんでした……」

「何で瀧音さんが謝ってるんですか、何もしてないじゃないですか」

「ねえ、感度1000%って何かな？　ちょっと意味がわかんないぴょん」

忍者がそれを聞くか。ライターがオマージュしてる元ネタはほぼ間違いなく忍びなんだよなぁ。

「それはその。気持ちよくなりやすくなる、感じやすくなるって事ですよ」

結花はすごく言いにくそうに話す。ヤバイな、何かフォローを入れないと……。

「お、落ち着け結花。1000%って文字で見ると大きく見えるけど、ただの十倍だから」

「っはぁ――――――っ!?　ばっっっっかじゃないですか!?　二倍とかじゃ無いんですよ十倍ですよ十倍！　少し触られるだけで……ぁあああああああああああああああ!!」

「すみませんでした！」

感度三千倍が普通にあり得る界隈《かいわい》だから思考がおかしくなってたけど、十倍も十分ヤバイです！

「それにアへ顔をさらすんじゃろ、何かそれを防ぐ方法があったりはせんのか？」

あるにはある。しかしそれが実際に出来るかと言われれば、難しい。とてもじゃないが言えない。

「瀧音さん」

しかし結花は察している。なら言わざるを得ない。

「落ち着いて聞いて欲しい……まず、ケガをした際に薬を塗ることはあるよな」

「まあ回復魔法の場合もありますけど、無くは無いですね。それで？」

「もしケガをしたのがお尻だったらお尻に薬を塗る、よね。そうだよね？」

「何でお尻という単語が出るんですか⁉」

結花がキレる。頭がキレるからすぐに察する。

でもさ。だってさ。こっちだってさ、どう言って良いかわかんないんだよ！

クソッこうなりゃヤケだ！　もう全部言ってしまえ！

「他者がお尻から薬を入れることで放屁もアヘ顔も止めることが出来ます！」

「っはぁ――――――っ⁉」

結花が今日一番の叫び声を上げる。

「何で尻なんですか。口から投薬してくださいよ、なんで尻から投薬するんですか⁉」

「その、効きが悪いし即効性が無い。だから尻に入れるしか無いらしくてですね」

「ふざけないでくださいよ、ふざけないでください！」

魂が抜けたように口を半開きにする紫苑さん。正直誰に座薬を入れたいかって言ったら紫苑さんかもしれない。あの人の尻は芸術だ。

そしてその横でアイヴィが『嘘でしょ嘘でしょ』とホログラム装置を昭和の家電にするように叩《たた》いていた。そのホログラム装置は壊れてません。壊れているのはライターです。

少ししてホログラム装置に一つのイラストが映し出される。それはアヘ顔を晒《さら》す人に座薬を入れて元気いっぱいになっている絵だった。どうやら箪笥《たんす》に座薬が入っているケースがあるらしい。

アイヴィはその場に崩れ落ちる。そして結花はアイヴィに代わりホログラム装置を蹴る。

しかし蹴ったところで現実は変わらない。

なんとか、なんとか彼女達を元気づける言葉を言わなければ。そ、そうだ。

「で、でもこの薬は体力も少し回復させてくれる上に、使うと気持ちよくなるらしくて、一度入れたら癖になるとかなんとかで」

「危ない薬じゃないですか！　感度十倍の相乗効果で凶悪さが際立ってますよ、アホですか!?」

危ない薬では無く座薬です！　でも一部の効果は確かに危ない薬です！

結花は肩で息をしながらそう言った。もう駄目だ。なにも言わないようにしよう。

それから少しして落ち着いた結花達に俺は謝られた。

そしてここを脱出するには進むしか無い、そういうことで皆が着替える。それは残念な事に俺もであった。

「どこに需要があるんだよ、この格好」

以前までは着慣れない女性の服だったが、もう慣れたものである。

ただ股間の守りは頼りないどころか面積が足りない。ふんどしがあれば良かったのだが、あるのは残念ながらヒモと頼りない布だけである。魔法の服だからサイズ調整されたけど、どうしてこのように調整したのかと言わざるを得ない。

そのためミニスカが捲《めく》れるといった絶対領域の侵害を犯させてはならない。

「たっきー、こっちはいいよ」

俺の着替えから少し遅れて俺は女性陣に呼ばれた。

「っっ！」

そこは聖域だった。エッチな巫女《みこ》さんが三人もいた。

「ふん、どうですか瀧音さん。何か言うことがあるんじゃないですか？」

「皆すごく、その……似合ってる。可愛いよ」

結花は以前と同じく開き直っていた。

白く健康的な肉体を惜しげも無く披露している。白いビキニ。赤いミニスカート。よく分からない腕の飾り。そして感動的な横乳。

そして俺の視線が胸にいったことに気がついたのだろう。彼女は少し顔を赤くして、

「変態」

と言った。しかしその罵倒はなぜか俺をゾクゾクさせるだけだった。

こんどはアイヴィだ。彼女は結花と同じように覚悟を決めたのだろう。ピースでポーズまで作ってる。放屁するともう一つピースと白目ベロ……いや忘れよう。

てかアイヴィは理解していないかもしれないが、脇というのは一種の聖域で性域である。お金を取れるくらいの場所なのにそんな惜しげもなく公開するだなんて、つまり最高です。ありがとうございます。

「すごく似合ってます」

アイヴィは結花と同じようにスタイルが良い。

彼女の一番はその足とお尻だろう。兎《うさぎ》族とあって太ももがしっかりしており、そのまま挟んで投げてもらいたいぐらいだ。蹴りでもいいな。またお尻にふわふわでキュートな尻尾が生えているのもいい。

「た、たっきー。そんなじろじろ見られると、ちょっと恥ずかしいかな……」

アイヴィは照れた様子で頭をかく。脇も横乳も最高だ。

「その、たっきーも似合ってるよ」

やめろ、それは思い出したくない。

もうどうにでもなーれの魔法が掛かっている二人と対照的なのが紫苑さんだった。

あまりの恥ずかしさにだろうか、こちらに背を向けてモジモジしている。ほんと綺麗な背中だ。その女性らしい美しい曲線に色白の肌。

太平洋で見る日の出よりも美しい。自然を超越してる。

「ほらしーちゃん。あきらめなよ」

馬鹿野郎、紫苑さんが嫌がってるだろう。なんて事をしてくれたんだ。ほら紫苑さんが慌てふためいてる。よくやった!!

「あ、紫苑さん……」

紫苑さんの体は引き締まっている先の二人と比べたら少し肉付きが良い。もちろん姉さん達よりは全然無いがそれでも俺を圧倒させるほどの力がある。

やっぱりここは楽園だ。

正直な事を言えば彼女達に除霊してもらいたかった。

もし俺に憑《つ》いてる奴がいるなら間違いなく昇天するし、俺自身だっていろんな意味で昇天できる。

「そ、その。似合ってます。紫苑さんも普段の紫苑さんとはまたギャップがあって、かわいいです」

普段は着物で肌をほとんど露出しない彼女が、肌をかなり露出させるだけでも興奮するというのに。

何よりヤバイのは御札形《おふだ》ビキニだ。御札で乳首を封印しているようなデザインのビキニでそれがまた、彼女のエロさを数段引き上げている。

彼女の触れた御札で封印されたい。そんな思いが体を駆け巡る。

「ええと、その肌も綺麗《きれい》です。海で見る日の出なんかよりも美しいです」

「ば、馬鹿もん。日の出より美しいって何じゃそれはっ」

「いや本当に、それくらい綺麗ですって」

抱きしめてギュッとしてもらいたい、頑張ったなぁと頭をなでてもらいたい。そんな姿だった。

「ば、馬鹿者。わかったからその。あ、あんまりじろじろ見るでない。恥ずかしいんじゃ！」

こんなの!!　見るしかないじゃないか!!　モジモジされたら、そんな事言われたら余計見るしか無いじゃないか。もうこのままずっと見ていたいさ。円周率を数え終わるまで見ていたい。それなんてエターナル。

しかし紫苑さんが嫌がることが出来るだろうか。出来る奴がいるなら俺はそいつをぶん殴る。

断腸の思いで俺は顔を逸《そ》らす。目を逸らさざるを得なかった。

それから少しして、俺はもう少し詳しくダンジョンの説明をする。そしてある程度話したところで、俺達は荷物を確認し進むことになった。

「そうだ。たっきー！　使うか分からないけれど、座薬を皆に渡そうよ。皆が少なくとも一つずつ持っていた方が良《い》いよね？」

そう言われて俺は座薬の入ったケースを取り出す。十個ぐらいあるだろうか。それにしても。

その座薬を手に取った結花はまじまじと見て呟《つぶや》く。

「なんか、大きくないですか？」

男の親指くらいあるその座薬を見て、だ。

「……使わなければ、良いだけじゃ」

そうだ、ミスさえしなければ使わないんだ。

「うん。じゃあそろそろ行こう！　ルールは把握できたし、私が最初に様子を見てくるよ」

そう言うのはアイヴィだ。そして彼女は入り口と書かれたゲートに入っていく。『どこ〇もドア』に近い転移ゲートなのだろう。彼女が入った瞬間、彼女は消えた。しかし、彼女はすぐに戻ってきた。そして俺達を手で制止してもう一度入っていく。そしてまたもやすぐ戻ってきた。頭を抱えながら。

「……ヤバイ」

アイヴィは簡潔にそう評した。うん、知ってる。彼女達の想像を遥《はる》か斜め上に超えた世界が広がっているはずだ。

「なら妾《わらわ》が見に行こう」

と今度は紫苑さんが中へ入っていく。そして彼女もすぐに戻ってきた。

「……殺意しか感じられん」

自分を抱きしめるような格好で、体を震わせ彼女はそう呟く。おっぱいが寄せられ俺の心もその谷間に吸い寄せられる。

「じゃあ今度は私が行きます」

今度は結花だ。彼女も部屋に入るとすぐに引き返してくる。そして俺の胸元のビキニを引っ張った。

「確かにオバケみたいなのが監視していましたよ？」

だんだんビキニを引っ張る手の力が強くなっていく。

「痛い、それに乳首出ちゃう！」

しかし結花は手を緩めない。

「何で、何でお化け屋敷に足つぼマットがあるんですか。どこの世界のおばけ屋敷に足つぼ置くんですか、ええっ⁉」

彼女の言うとおりだ。実はこのお化け屋敷、足つぼだけで無く音を立てさせるために様々な物が設置されている。

「足つぼって、殺しに来てるじゃないですか」

「しかも見たか？　横に生えていた木、アレはスギじゃった」

「だれか花粉症持ってるかな？　そしたら一気に駆け抜けないと」

幸いこのメンバーに花粉症が居なかったのが救いだろう。マジで。

「何が何でも晒《さら》させようとしてますね。負けられません、いえ、負けたら終わりです」

結花は気合いを入れ直す。

初めに突入したのはアイヴィだった。それは罠《わな》を探すためでもある。そして結花、紫苑さん俺と続く。

フロアの中には何体もの幽霊が飛んでいるのが見えた。こいつらは聴力が優れており、音を立てるとこいつらが体の中に入り込み、乗っ取り、アヘ顔を晒すのだ。

だから辺りを飛ぶ幽霊は無視して良い。俺達はまずこの足場と闘わなければならない。

アイヴィはゆっくり一歩を踏み出す。

「……っ！」

どうやらアイヴィは足つぼマットに乗っても痛みを感じないらしい。そのまますいすい進む。結花もアイヴィほどでは無いが痛そうなそぶりを見せない。彼女達がとても健康だからだろう。これぐらいの足つぼなんか意に介さない。

しかしダメージをうけている人もまた一人居た。それは、

「&%■#〃—~▲%・&$×$~#（〃&〃#っっ！」

紫苑さんである。

俺は立ち止まった紫苑さんに忍び足で近寄る。

彼女は人前で見せてはいけない表情をしていた。あまりの痛みで叫びたいのだろうが叫ぶことが出来ず、思いがすべて表情に現れてしまったのだろう。

ちなみに俺は痛くない。不健康な生活をしていると痛さを感じやすいと言うが……紫苑さん？

紫苑さんはもう一歩足を進める。また激痛が走ったのだろう。ライブハウスでヘッドバンギングしてるバンギャルみたいな動きをしてる。

ふと俺は思いつく。一度彼女の手を引き足つぼのない場所へ寄せる。そして俺は背中を

向けしゃがんだ。

　チラリと紫苑さんを見ると、まるで救世主を見るかのように顔を輝かせているではないか。可愛い。

　彼女は音を立てないようにゆっくり俺に近づくと体を密着させる。そして思い出した。

　これはヤバイ。

　すっかり忘れていたが、そもそも俺は薄着で、紫苑さんも薄着だ。着物の紫苑さんをお姫様抱っこするときとは違うのだ。肌が直接肌に吸い付くように触れあうのだ。

　多分あまりの激痛に汗をかいてしまったのだろう。ほんのり湿度の感じられるしっとり肌が俺に密着した。しかも彼女のほんのり温かい体温と、彼女の体臭にお香の混じったような匂いもする。

　腕が回され胸が押しつけられる。俺達の距離がゼロに近づくにつれ、俺の我慢メーターは急上昇している。

　ああ、非常にまずい。もしここで俺のあそこが反応したらどうなるだろう。

　そもそも魔法による衣類の調整があったもののすでにアレが飛び出そうなのだ。

　これから伸びて飛び出るかもしれない。それどころか別の物が飛び出るかもしれない。

　水平な道なら多分見えないが、ここは下っていく傾斜がある。前を進む二人は俺のスカートの中を見ることが可能だろう。

「た、頼んじゃぞ……♡」

不意に紫苑さんが耳元でささやく。小声だったせいか、すでに足つぼでダメージをうけていたせいか、俺には♡マークいっぱいの声で聞こえた。

危なかった、いろんな意味で危なかった。

急いで俺はその足つぼの道を進んでいく。なぜかしらけた目で見る結花。そして坂の下で俺の股間を見るアイヴィ。

大丈夫。大丈夫だ。いつもよりほんの少し大きいくらいだ。あふれてない。頼むからもう見ないでくれ。

その足つぼ地獄を抜けると、今度は通路に入る。そこには幽霊が居なかったため、俺は意を決して少しだけ声を出してみた。

「大丈夫かな？」

何も異変が無いため俺はため息をつく。なんとか大丈夫そうだ。

「大丈夫そうですね」

と俺達は一息つく。

「なんて恐《こわ》いフロアなんでしょう。人によっては地獄でしたね」

確かに。紫苑さんや花粉症の人にはこれ以上ない地獄だったろう。

俺は天国と地獄の狭間《はざま》をゆらゆらしている気分だった。

「幸、先ほどは助かったぞ、命の恩人じゃ」

「えっ、ええ。紫苑さんの力になれて何よりです」

先ほどの感触と匂いを思い出し思わず声がうわずる。

「しーちゃんはもう少し甘味減らして運動した方が良いんじゃない？」

「それは無理じゃな……」

「それにしてもここって何フロアあるんですかね。最初のフロアでアレだったら、この先もっとキツくなりますよね？」

「そうだな」

「想像したくないの……」

この先を無傷で抜けるのは非常に難しいと思う。特にラストフロアは凶悪すぎてただではすまないだろう。

もしこれがゲームだったら放屁《ほうひ》アへ顔をさらしながら時たま座薬さしてゴールまで走り抜ければ良いだけなのだが、そうもいかないのが辛いところだ。

「少し休んだら次のフロアへ行こうか」

それから二つのフロアをなんとか抜け、俺達は最後のフロアへとたどり着いた。

俺達はフロアの様子を確認したのち、一度戻り作戦会議を始めた。

もし最終フロアに名前を付けるとすれば『くすぐりローションフロア』だろう。

ここにはゴールである割れた石があった。その石にはしめ縄がまかれており、その横には御札《おふだ》を石に貼る人間の絵が映し出されているから、間違いなくアレがゴールだ。

俺達はあの石に封印の御札を貼ればクリアだが、それは非常に難しい。

まずその場所に行くために、透明で粘度のありそうな液体が流れている傾斜を登らなければならなかったからだ。ローション傾斜である。

そしてゴールとは逆の方向にはローション階段があり、そこを上ると小さな祭壇へ行ける。その祭壇の上にはお札が宙に浮いて居るのが見えた。つまり。

「俺達はまず祭壇へ向かい御札を取る。そして引き返して別ルートを進み、お札を石に貼れば晴れてゴールだ」

そして敵はローションだけでは無い。

なぜかくすぐるための羽を持った幽霊達が浮遊しているのだ。ふざけやがって。こんなにキツいのはバラエティ番組でも無いんじゃないか。

もちろん失敗するとこれ以上無い恥ずかしい体験をしてしまう。間違いなく苦しい闘いになるだろう。

「……実は私くすぐりが苦手なんですけど、他にも苦手な方っていますかね？」

結花がそう言うとアイヴィも紫苑さんも顔を下に向ける。俺も同じようなものだ。

「多分だけどね、あのフロアは罠がかなり増えているように見えるかなー。今まで以上に気をつけないと駄目かも」

もし罠にかかってしまったら放屁である。運が悪いと罠→放屁→幽霊飛来→ローションまみれ→アへ顔→座薬のゴールデンコンボが成立する。それだけは避けねばならない。

「罠の確認はアイヴィさんにお願いして、ゆっくり進もう」

「……それしか無いの。あの足場で速く進もうとすると転びそうじゃ」

俺達は意を決して進んでいく。

もちろんだが最初に突入したのはアイヴィだ。彼女は罠を確認しながら、ゆっくりと進んでいく。全員がフロアに出ると、それらはやってきた。

白い布をかぶった……幽霊である。

俺達の横に一体ずつ幽霊が近づき、その手にある羽でくすぐってくるのだ。その布を剝《は》ぎ取って火を付けたい衝動と、笑いそうになる気持ちをなんとか抑える。

アイヴィも結花も紫苑さんも度々足が止まってしまっていた。笑いをこらえすぎているせいか、全員の顔は真っ赤である。

足場がぬるぬるなのもまた、くすぐりの凶悪さが増している一因だ。あまり踏ん張れないのだ。

俺が幽霊のくすぐりを我慢していると、不意に結花に一体の幽霊がティッシュを取り出した。そしてそのティッシュを紙縒《こよ》りにすると、あろう事か結花の鼻の穴へ。

結花は察して背を向けるも、幽霊もそれについてくる。そして縒ったティッシュを突っ込んだ。

クソがっ。くしゃみを狙ってやがる！

もはやアレは幽霊じゃない、悪魔だ。完全に悪魔である。

結花は目を閉じ、口はアワアワと開閉している。

まずい、くしゃみが出てしまう。

すぐさま結花の側へ行くと結花の顔を俺の体に押しつけた。鼻をガードするためである。

結花は俺に抱きしめられる事になるのだが、アへ顔を晒すのよりマシだろう。我慢して欲しい。

なんとか結花の事を守ることは出来た。しかし別の事件が起こってしまった。

「っ⁉」

アイヴィが罠を見つけるのに失敗したのだ。

彼女は本当に申し訳ないといった顔でこちらを向く。

いや、いいんだ。致し方ない。くすぐりに耐えながらよくここまで発見してくれた。ここまでノー放屁で来られたのは奇跡だと思ってるぐらいだ。ゲームでさえ放屁やアへ顔は当たり前なのだ。むしろ自ら見に行くわ。

なんとか俺が肩代わりしよう。そう思ってアイヴィの側に行こうとしたけれど、もう遅かった。

現れたのはニンニクの形をした大きな白い煙だった。それはすぐにアイヴィの後ろ側へ。そしてあろう事か『尻から』その煙は入り込んでいく。ゲームでは知らなかったが直接煙を注入するようだ。

そして。なぜかその煙は俺達の方にも……え、なんで？　一人だけじゃないの⁉

結花はその様子を見ていたのだろう。俺の胸で暴れ出す。もし今声を出せるならば、彼女は間違いなく突っ込みを入れていただろう。

何で悪臭の代表格であるニンニクの形なんですか、何で尻から入り込むんですか、何でこっちにも来るんですかっ⁉　なんて。俺も同じ気持ちだ。

俺は必死に肛門《こうもん》を締めてそれを拒もうと思った。多分結花や紫苑さんもだろう。胸を張り尻を締めやすい体勢になっていたから。

しかしそれは無駄だった。

真っ先に来た感覚は意外なことに快感である。

尻に入っていくにつれ、まるで自分の気持ちいいところがすべて同時にマッサージされるような感じに陥った。

そしてそれと同時にお腹《なか》が少しだけ膨れ、とある欲求が生まれる。

放屁したい。

それは砂漠で水分不足の時に水を求めるような、とても強い欲求だった。しかしそれは出来ない。それはアヘ顔直通のエレベーターだ。

そんなときにだ。幽霊はここぞとばかりに俺達をくすぐってくるではないか。

俺は身をもってこれ以上ないほど理解してしまった。なんて、なんて卑劣なダンジョンなのかと。

感度十倍のせいで、先ほど以上の快感とくすぐったさが俺達を襲う。くすぐり十倍を我慢なんて出来るだろうか。

結花は我慢しすぎたのだろう。顔も肌も真っ赤で髪が額に貼りつくほどの汗をかいている。何とか彼女を避難させないと。しかし同時に攻略も行いたい。

俺は結花をゆっくりお姫様だっこすると、フロアを早歩きで歩いていく。結花は汗だく

の手で俺の首に手を回し、顔を俺の胸に押しつける。彼女の熱い吐息が俺にかかる。

普段の俺だったら喜んでいただろう。しかし今はただただ気持ちが良く、そしてくすぐったかった。

俺はアイヴィを追い越し、お札の前へつき進む。なるべく幽霊はよけて、転ばないように。さっさと回収してこのフロアをクリアするしかない。

察した結花は手を伸ばしお札を摑《つか》もうとしたが、そう簡単には取らせてくれないようだ。なんとこのタイミングで幽霊はその羽を結花の脇に当てる。脇にだ。汗でむわっとしている脇にだ。ゆ、結花の匂いだっ。

俺の腕の中で結花が震えていた。たまに「ぁっ」「んぁ」「っっ」なんて声が聞こえるが、どうやら幽霊的にはギリギリセーフらしい。俺の股間的にはアウトに非常に近い。

結花が御札を取った瞬間、俺はすぐに身を翻し、石の方へ向かう。どうやら紫苑さん達もなんとか放屁はしていないようだ。

しかしみんなの限界は近かった。全員が顔を真っ赤にして尻を引っ込める体勢をとって、泣きそうな表情をしていたのだ。

もうだめだ。最終奥義を使うしかない。俺はゆっくり静かに結花をおろすと彼女達から少し離れる。

そして覚悟を決め大声で叫んだ。

「皆、後は頼んだぞ！　幽霊、こっちだ。こっちにこい！」

そう言って、ローションがたまっている池のような場所に飛び込んだ。バシャーンッ！と大きな水音がたつ。

「俺の全身全霊を見せてやる！』

ついでに放屁もしてやれ!!

轟《とどろ》く爆音。ああ、放屁って。なんて気持ちいいんだろう。感度上昇もそうだが、音が良い。さすが音150％アップは伊達《だて》じゃ無い。ただ臭いが……。

それからすぐにフロア中の幽霊達が集まってきた。俺の立てたその音につられてだ。

ふと思う。

今俺ローションの池の中に居るよな？　ローションが邪魔をして、俺に取りつけないいんじゃないか？

いや駄目だな。あいつらローションなぞ意にも介してないわ。

幽霊達は我先にと俺の尻へ入ろうとする。俺は全身全霊で尻を締めたが幽霊達は最終防壁を少しずつこじ開けていく。

そんなときだった。気がついてしまったのだ。その幽霊の布がめくれ、中の体が見え……。

あ、この幽霊よく見れば美少女じゃん。

尻が緩んだ瞬間である。すさまじい快感に襲われた。

なんだ、これ。快感のジェットコースターだ。こんなの、あらがえないっ。

「て、手が勝手に……」

俺はピースを作ってしまう。もちろんダブルだ。しかも目がけいれんして、上に……!

あらがえない。あらがうことが出来ない。でもちょっとあらがいたくない。

最後に見た世界は、結花たちが滑りながら階段を上り、石へお札をはろうとする姿だった。

目を開けると三人の濡《ぬ》れ濡れエチエチ美少女達が俺をのぞき込んでいた。なんだこれ?

「ここは、天国?」

「たっきー!」

がばっとアイヴィが俺に抱き着いてくる。どうやらあの地獄?をクリアしたようで、別のフロアに俺は寝かされていたらしい。奥には『おめでとう』と書かれたホログラムもある。

俺はアイヴィをたしなめ離れてもらうと体を起こす。するとなぜか尻に違和感を覚えた。

「よいしょ。ん、尻……？」

すると急に結花が俺に突進してくる。

「た、瀧音さーん無事で良かった！」

「ぐぇっ！」

良いのが顎に入って今度は顎が痛い。

なぜか顔を真っ赤にした紫苑さんがあたふたしている。よく見れば結花も少し顔を赤くしているような？

「た、たっきーのおかげでクリアできたよ！　それに思ってたよりも大きかった……」

「封印の石のことです‼　大きかったです‼」

結花の絶叫を耳元で聞き、ふと思い出す。

「耳元で叫ぶな……そうだ、俺達はクリアしたのか？　あれ、最後の方の記憶が……？」

「そんな事はどうでもいいんですよ。それよりもクリアボーナスが貰えるらしいんですよ⁉　楽しみですねっ‼」

結花の勢いに圧倒される。

クリアボーナス？　ああ、そうか。俺達はほとんど放屁《ほうひ》をしないでゴールしたもんな。ボーナスが貰えるのか。

「たっきーアレを見て」

アイヴィはホログラムを指さす。確かに『クリアボーナスの魔法を全員にプレゼント』とあった。

そして文を見て思い出してしまった。

ここのクリアボーナスはクソヤバイじゃん。と。

魔法貰えるらしいですよ、何の魔法ですかねーと楽しそうに話す結花達。

俺はどうしようか考えながら立ち上がろうとすると結花が手を引いてくれた。

「ありがとう」

さて、どう説明すれば良《い》いだろうか。貰わないで帰ろう……ってそんなこと言っても三人は貰える魔法を楽しみにしているだろうし。

なんだかんだ考えているうちに俺達はホログラムの前に来ていた。

そしてホログラムの前で手を動かし操作すると画面が切り替わった。

それは絵だ。空気を他者の腸に入れる絵だ。

「は？」

「ぬ？」

「ぴょん？」

三人は察しただろう。俺は逃げ出したい。逃げ出せない。

結花は黙って俺を見る。

「多分これはだな……お腹がそのですね、膨れるというか、いや腸がなのか……」

「は？」

その圧力に屈し土下座するしか無かった。俺が悪いわけでは無いんだけど、なぜか謝らなければならない不思議な気持ちなのだ。

結花達のゲスを見る視線になぜか心はざわめく。なぜかお尻の穴もざわめく。

「すみません、腸内にガスを生み出す魔法です！　すみませんでしたぁっっ!!」

「あーなるほど、お腹にガスが溜《た》まるんですね、へーそんな魔法もあるんですね。って放屁魔法じゃないですか!?」

「どこまで我らを放屁で苦しませるんじゃ!?」

「こんなご褒美誰が喜ぶぴょん!?」

一応紳士淑女は喜んだんだぜ。だって好きなキャラを放屁させられるんだもん、ＣＧ回収したわ。ただエロゲのネタ魔法なので、大量のガスを発生させ、腸を破裂させるといった攻撃的要素としては使えなかった。そんな事は今どうでもいいか。

「もっとマシなモンよこさんか！」

紫苑さんでさえぶち切れる始末だ。とりあえずこの場を落ち着かせないと。

「ま、まってくれ。もう一つ、もう一つ貰えるみたいなんだっ⁉」

と俺はホログラムの画面を変える。それは人が二人映し出されている絵だった。しかしそれは一人の腸内の空気をもう一人の腸内に移している絵だった。

そういやもう一つもヤバイ魔法なんだよなぁ。でももう開き直って叫ぶしかなかった。

「こっちの魔法は自分の腸にたまったガスを他人の腸に転移させる魔法ですっ！」

「へー他人の腸にガスを……ってやっぱり放屁魔法じゃないですか、ふざけないでください！」

「他者のガスを自分に注入するなぞ、想像したくも無いぞ！」

ほんとだよ、何で自分の腸内のガスを入れて喜ぶんだよ！

だけどなぁ！　紳士淑女の間では『天才ですら思いつかなかった画期的なアイディア』として大大大絶賛されたんだぞっ！

想像してみろ。『自身の天然なガス』を『美少女の腸内に直接移す』という背徳的行為を。美少女のオナラは天然ガスとか言うアホ軍団は言ったのさ。これは世界を変える技術だと。

第三次エネルギー革命だ、って。

大惨事だよ、ふざけるな。

なぁーにが第三次エネルギー革命だよ。確かに天然ガスなんかよりも美少女の放屁は格式高いし趣があるとは思うが、ガス田と放屁魔法だったら悩んで放屁魔法選ぶわ！

あれ、本当にエネルギー革命？

「いやそんな事はどうでもいい」

「何がどうでもいいんですかっ⁉」

結花が怒ってらっしゃる。ヤバイ俺の思考が口に出てしまったようだ。

「す、すまん」

と俺達に何らかの力が入り込んでくるのが分かった。それは放屁魔法を習得した証《あかし》でもあった。

ホログラムには使い方が表示される。

「正直古代魔法以上にヤバイ魔法だぴょん。こんなのが使える人が世界中に現れたら……一種の地獄？」

「使う者がもし居るとすれば、想像したくは無いの……」

「想像したくは無いですね。まあ入手はしましたし……一応試してみますか。ヤバかったら封印して私達も忘れましょう」

と結花が言うと俺を見る。紫苑さんもアイヴィも俺を見る。

「あっ」

察した。察してしまった。俺を実験台にするつもりなのだろう。まあ選択肢が俺しか無いのも分かるけどさ。

普通にさ、嫌だよ。

でもさ、嫌なんだけど、なぜか放屁を見てもらいたい自分も心の中にいるような気がするんだよね。

とはいえ、だ。彼女達は使えないと思う。だってあの魔法は。

「まった。ホログラムを見た限りだとかなり膨大な魔力を使用するってあるぞ？　人外レベルの魔力とか無いと無理そうじゃないか？」

この魔法はゲームでも二周目じゃないと使えないほど消費魔力が大きい。伊織《いおり》だって一周目では使えないはずだ。

「魔力が人外じゃと？」

三人の視線がだんだん冷たいものへと変わってくる。

え、やっぱりおおおお、俺？　瀧音でも二周目じゃ無いと使えないような、使えるようなな……？　てかゲームで瀧音に使わせたことなんて無いし、分からないって。

イケるのか、そんな馬鹿な？

「と、とりあえずやってみよう」

俺は使い方を見て魔法を詠唱する。まあ対象は結花でいいか。それにしてもごっそり魔力持ってかれるな。これ本当にイケ……。

「へっ？　た、瀧音さん？」

……………あっ。

十一章 エピローグ

俺達がダンジョンから帰ると、すでに後処理が進められていた。

生徒会や風紀会は特に問題もなく敵を倒すことができたようだ。まあ水墨獣——幻獣——に比べたら一段は落ちる敵ばかりだったはずだ。各会に強者がいるから、まず負けることは無いと思っていたが。

もちろんではあるがリュディも無事だった。リュディは場合によっては邪神教に襲われる可能性もあるかと思っていたが、それはなかったらしい。

むしろ疲弊しきった俺達を優しい目で見て、何も言わず肩をたたいてくれた。先輩もだ。よく頑張ったな、と俺達に声をかけてくれた。

ななみが隣にいたから無事なことは知っていただろうし、エロダンジョンを攻略したことも知っているだろう。

ただし二人は詳しく知らない。俺達は布面積が小さい巫女《みこ》服を着て、ローションの道を進んで１０００％の感度でくすぐりを受けた事を。また俺が１５０％の音の放屁をして、２００％の臭いを吸い込み、アヘ顔をさらしながらダブルピースをしたことも知らない。そして最後には、大惨事エネルギーを作り出してしまったことも。彼女がぶち切れながら部屋の隅へ行った事も。

しかし知らないとはいえ何度も何度も苦しい戦いを共に戦ったリュディや先輩は理解していた。

どれだけ辛いかということを。

だがエロダンジョン《エロダンジョン》の事をいつまでも引きずって居られない。

ラウレッタの事があるからだ。だから俺は結花《ゆいか》とななみを連れて桜《さくら》さんのもとへ向かった。

アイヴィも連れて行くべきか迷ったが、ラウレッタの事が心配で彼女の側に居たいだろう。だから彼女は連れて行かない。

結花は『なんで私もなんですか？』なんて言っていたが、彼女の力が必要なんだ。聖女の血を引く彼女の力が。

桜さんは珍しく図書館に居なかった。司書室でうたた寝していた姉さん曰《いわ》く有休消化らしい。どうやらガーディアンが出現したことで姉さんも忙しくて眠くなったらしい。ここは仮眠室じゃないような？

それにしても桜さんは有休か。学園から出られなかった彼女にとっては数十年ぶりの有休なんだよな。……どんな気分なのだろうか。

俺達は予《あらかじ》め一報を入れてから桜さんのいる場所へ向かう。

「いらっしゃい、待ってたわ」

桜さんが居た場所は彼女の住むマンションだった。気がついたら自分がオーナーになっていたマンションである。

彼女は突然のアポにもかかわらず、快く迎え入れてくれた。

「すごくおいしいお菓子を見つけたの。どうぞ」

さらには紅茶とお菓子まで頂いてしまった。

「うっわぁああ、おいしそうです！　ありがとうございます」

「いいのよ。それで、今日はどうしたの？」

俺が簡単に今日有った出来事を話すと、すぐに事情を察してくれた。

彼女は邪神の事をかなり詳しく知っている人だから。そして彼女は未来視である程度の未来を見ていたはずだから。

「なるほどね。なら欲しいのは薬かしら」

俺は頷《うなず》く。ラウレッタの体を元に戻すための薬だ。

「結花ちゃんがいるし、作れるわ。ただ見た目は戻るかもしれないけれど、使った代償は払うことになるわよ？」

「……そうですね。彼らは理解しているのか……いや覚悟を決めてるでしょうから割り切ってもらうしか無いでしょう」

「あのー瀧音《たきおと》さん。どういうことですかね？」

隣でチョコレートを食べていた結花は疑問だらけだろう。ななみは何となく察しているのか？

「結花ちゃん、彼らが使ったアイテムは魔族の力を使えるようにするものなの。でもね魔族の力は普通の人間が操れるものじゃ無い。だから体が変形して力を出しやすいようにしている」

「……だからラウレッタさん達は半魔族化したんですね」

「ええ、そうよ。もし魔族への適性が有ったり、特殊な人や魔族の血を引く人なら完全な魔族化が出来るかもしれないわね」

俺はもちろん、場合によっては伊織《いおり》やカトリナはもどきじゃ無い奴と戦うこともあるだろう。

「だけどね魔族化して力を出しやすいようにしても、魔力や筋力、まあつまりエネルギーが足りないの」

「やはりそうでしたか。似たようなものを知っていたので、もしかしたらと思っていました」

ななみが言う。やはり察していたか。結花も何となく察したらしい。

「皆の思っている通りよ。彼女達は生命のエネルギー、つまり寿命で代用していたの。彼女達は多少縮んだでしょうね。長時間の使用じゃ無いから、大きく減っては居ないと思うけれど」

これはもう、どうしようもない事だ。ただ出来る事はしたい。

「桜さん、薬を作っていただけますか？」

「もちろん良《い》いわよ。……ごめんなさい結花さん、こちらへ」

「……何で私なんですか？」

「頼む」

結花はため息をついて桜さんの所へ。そして苦笑しながら俺に言った。

「ラジエルの書の時からそうでしたよね。いつか全部話してくださいね」

「……必ず話すよ」

「じゃあ、始めましょう」

それから一日が経過して三会やダンジョンは平穏を取り戻した。

ラウレッタや邪神教に関しては粛々と進められたらしい。

ラウレッタは捕まり、毬乃《まりの》さん主動で色々されるとか。毬乃さんが色々するって言ってたから、本当に色々するんだと思う。

ラウレッタは幾人かの監視がある、とある施設に軟禁されていた。

邪神教に関してはリュディの実家であるトレーフル家や、対立している法国などがあるから扱いが難しいはずだ。

悪いようにはしない、と毬乃さんは言っていた。だけど世間の目がどうなるかは分からない。

アイヴィはラウレッタがどうなったとしても私達は友達だよと言って、彼女を安心させていた。

しかしラウレッタは違う思いを持っていたようだ。

「とても嬉しいのだけど、同時に関わって欲しく無いとも思っている」

軟禁されていた彼女はそう言った。それがアイヴィに対するラウレッタの本音なのだろう。彼女はアイヴィの事を心配しているのだ。だから、

「もしアイヴィさんに何か悪意が向くのなら、俺がなんとかする」

と、彼女を安心させる。

「ご主人様ならなんとかするでしょう」

　隣にいたななみも頷く。

「花邑《はなむら》家の貴方《あなた》に言われるなら、安心ね」

　彼女はそう言って小さく笑った。

　彼女からはいろいろなことを聞けた。ゲームでは明らかにされなかったことや、述べられなかったこともだ。

「邪神教は邪神を復活させるために三つの道具が必要と知ってるんですよね？」

　俺が尋ねると彼女は頷く。

「ええ、知ってるわ。一つはアマテラス学園で入手したって事は耳にしている。まさかそのうちの一つがここにあるだなんてね」

「確かにそんな事思わないだろう。どこにあるかなんて伝承は残ってないから。なら最後の一つ、天叢雲剣《あめのむらくものつるぎ》がどこにあるかは？」

「知らないわ、もしかして貴方は知ってるの？」

「知ってますよ。本当に有るのか分かりませんけどね」

　奇跡的に誰かが入手していてもおかしくない。まあほぼ無いだろうけど。

「貴方、何者なのよ。それこそラジエルなんじゃないかしら？」

「あんなに知識もありませんし天才でもありませんよ。一度なってみたいですが」

「あら、一度なってるじゃない。瀧音ななこさんとして」

「確かに……もう一度合体しますか？」

それは性別だよ、俺が欲しいのは知識だよ！　ななみも乗らなくて良いよ。てか色々あって定期的にななこになってるんだよなぁ。

「……思ったよりも余裕がありそうですね」

「まぁ開き直ったような感じね。もう開き直るしか無いの………時たま死にたくなる」

そう言って彼女は悲しそうに自分の手を見る。半分魔族化した自分の手を。

「さて質問はこれで終わりかしら」

俺はななみに視線を向けるも彼女は首を横に振る。どうやらななみも質問はないようだ。

「貴方達のおかげよ。ありがとう、そして部長のことよろしくね。手綱を握ってあげて」

「握らなくても基本的には大丈夫だと思うんですけどね。まあ、任せてください」

「あの子、ほんとやらかすから」

俺は背を向けると、ふと言い忘れていたことを思い出す。

「あ、そうだ。俺が出来る範囲のことはしますね」

「部長のことよね？　任せたわ」

「いいえ、貴方のことですよ」

そう言って俺は一つの薬を取り出した。これは。

「桜さん……天使ラジエルと、とある女性に力を借りて作った物です」

飲んでくださいとそれを渡す。彼女はショッキングピンク色のそれを嫌悪の表情で見つめ、俺を見てまたその液体を見た。

「最悪」

彼女はそれを一気に飲む。そして梅干しを食べた時みたいに顔をクシャクシャにして目をつむった。

すぐに彼女の体に変化が現れた。

「もし貴方に何かがあれば、アイヴィさんは悲しむでしょう。だから早まったことをしないでください。じゃあ俺達は行きますね」

どうやら彼女は自分の体の変化に気がついたようだ。目を開け手を見て、信じられないとばかりに自分の体を触る。

彼女の体は魔族化する前に戻っていた。

俺とななみは席を立つ。

「どこまで出来るかは分かりませんけど、出来る範囲で守りますから」

そう言って俺達は退室した。

「ご主人様、城を建てませんか？」

「急に何を言い出すんだ？」

「いえ、ご主人様なら王になれそうな気がして。この調子ですとマンションの部屋がすぐに埋まりそうです」

「どういうことだ？」

「まあ部屋が足りなくなったら考えましょう、それよりも邪神の封印を解くアイテムです。もう一つの場所をご主人様はご存じですよね。どこですか？」

部屋が足りなくなるって、どういうことだよ。まあそれよりも。

「逆に聞きたいんだが、ななみはどこにあるか予想が付くか？」

ななみは目を閉じ小さく息をつく。そして。

「スサノオ武術学園でしょうか？」

和国に存在する有名な学園の名前を挙げた。

「そうだ。最後の一つ『天叢雲剣』、別名『草薙剣《くさなぎのつるぎ》』はスサノオ武術学園にある。ちなみになんでそう思った？」

「和国の代表的で歴史ある学園と言えば『ツクヨミ魔法学園』『アマテラス女学園』、そして『スサノオ武術学園』ですね。そのうち前者二つから発見されたとなれば後はここかなと」

やっぱりそう思うよな？　ゲームをしていた奴もどれか二つ取った時点で残りの場所を

察したたろう。俺は八咫鏡《やた》が最後だったな。

だから邪神教もそれを考えるはずなのだ。

「ただ邪神教はツクヨミ魔法学園に八咫鏡が存在していた事を知ったのでしょうか？　彼らは全員捕縛されていますよ」

「知った可能性はあるんじゃないか。ラウレッタさん以外の誰かが報告していればな。ただあいつらは本当にあるかを知らない。だけど俺は本当にあることを知っている。これは大きなアドバンテージだ」

「そうですね。もし私が邪神教でしたら間違いなくスサノオ武術学園を調べ始めるでしょう。そして同時に……」

ななみが俺をじっと見る。

「八咫鏡を持つ者を狙うでしょう」

「……確かに、俺もそうするだろうな」

今回後処理で非常に困ったのは八咫鏡の扱いである。

ゲームだったら伊織が持つのだが、今回の場合はいろんな手法がとれる。伊織に無理矢理《むりや》理《り》渡しても良いし、毬乃さんに預けても良い、そして三会の会長辺りに預けても良かった。

しかし何か想定外のイベントがあった際に動きやすいのは俺だ。だから俺は無理を言って毬乃さんにお願いし自分に持たせてもらうことにした。

普段なら軽く「いいわよ」と言う毬乃さんもこればっかりは危険性を訴えた。しかし俺が頑《かたく》なだったため、彼女は折衷案を出した。それが毬乃さんが所持しているという噂《うわさ》を流し、俺が持つことだった。

もし俺が持っているとバレたら攻撃されることは間違いないだろう。毬乃さんだったらガードが堅いし魔法も強いしで襲われる確率は低くなるはずだ。

このことを知っているのは俺、ななみ、毬乃さん、そして花邑家に住むメンバーである。彼女達なら信頼できるから。

「まあ、何かございましたらななみに任せてください」

「ほんと信頼してるぞ。さ、アイヴィさんのところへ行こう。心配しているだろうから」

「そうですね。アイヴィ様も本当はこちらに来たがってましたからね」

アイヴィはセキュリティ的に駄目らしい。俺は花邑家パワーでなんとかイケたが。花邑家強すぎィ。

「どんな様子か心配だろうな。さ、早く行って話そう」

俺達はラウレッタが軟禁されていた施設を出るとアイヴィに一報を入れる。そして新聞部部室へ向かう。

彼女は授業中にも拘《かか》わらず、そこで待っていた。

「たっきー！　ななみん！　どうだったっ⁉」

俺は抱きつき心配そうに顔をのぞき込むアイヴィの頭をなでる。

「ラウレッタさんなら元気そうでしたよ」

俺がそう言うと彼女は嬉《うれ》しそうに笑った。

「ご主人様はラウレッタ様に『アイヴィ様を自由にする権利』を貰《もら》ってましたよ」

「えっ。まあたっきーなら……自由にされても良《い》いかな？　そのつもりだったし」

「いや貰ってませんし否定してください」

自由にしたら俺の理性が崩壊しそう。リュディやモニカ会長なんかがいるから学園生は注目していないけど、普通に学校一可愛いって言われそうなぐらい可愛いんだからな。耳の感触最高だし。

「あぁっ、た、たっきー。耳くすぐったいよぉ」

「あ、すいません」

俺は彼女を座らせるとラウレッタの状況と様子を簡潔に話す。『嬉しいけど迷惑が掛かるから関わって欲しく無い』発言に関しては、少し悩んだが話すことにした。

すると彼女は少し寂しそうに笑った。

「そっか……ありがと。わかった」

「どうするんですか？」

「私はやっぱりラウレッタちゃんの友達だよ。だから私は彼女に会いに行く。それだけかな」

　そう言ってまた彼女は笑った。

「そうだ。たっきー、ちょっと大切な話があるの」

　そうアイヴィが言いながらななみを見る。するとななみはわざとらしく『ああっ』と声をだした。

「急用を思いつきました」

　彼女はそう言って部屋を出て行く。何が思いついただよ。

「さ、たっきー、本題に入るね」

　と彼女は立ち上がる。そして、

「私ってさ、けっこー色んなスキルを持っているし、それなりに良い体してると思うんだよね」

「……今もしかしてお色気の術をかけようとしているんですか？」

「違うよ、かなり真剣な話だよ」

　そう言って彼女はカーテンを閉める。

「ななみんから聞いたんだ。たっきーは元々邪神教に狙われているけれど、今後はもっと危険にさらされる可能性があるって」

「……まあ、そうですね。式部会ですし間違いでは無いです」

と少し話のポイントをずらしながらそう言った。

「あのね。たっきーがやろうとしていること考えたら、式部会とか関係無いよ」

まあ、そうだな。聖女や、とある子らを助けるためには法国や邪神教と戦わなければならない。かなり大変な——。

「って何してるんですか？」

彼女は自分の持っている武器をどんどん出し、机の上に置いていく。クナイ、直刀、ロープ、鎖鎌、まきびし、手裏剣、お札。

その行動で俺は彼女が何をしようとしているかを察した。こんなイベントがあったなと。

彼女は武器をすべてを出すと、俺の前に来て服を脱ぎ始めた。

「ま、まった、武器を持っていないのは分かったから⁉」

俺がそう言っても彼女は服を脱ぐ。そして綺麗《きれい》に畳み、下着だけになった彼女は俺の前で跪《ひざまず》いた。

「これが私のすべてです」

彼女は武器も服もすべて取っ払い、ほぼ生まれたままの姿となった。

「馬鹿な私だけど、貴方《あなた》と一緒に戦いたい、貴方の為《ため》に戦いたいと思いました。だから」

彼女は跪いたまま顔だけを上げる。

「瀧音幸助《こうすけ》様。私を貴方様の忍びにしてください」

「ちょ、ちょっと待ってアイヴィさん」

「呼び捨てでお願いします」

「アイヴィさん――」

「アイヴィ！」

「はい。アイヴィは俺でいいのか？　忍者の事は詳しくは知らないが、それって結構重要な事じゃないのか？」

ゲームの設定でしか知らないが、かなり重要な事だったような覚えがある。

「うん。自分的にも師匠の教え的にも重要な事柄だよ。もし自分が生涯仕えるべき人に会ったら忍者の里を敵に回してでも仕えるべきとまで言われたから」

「里をって……」

「私は敵に回しても良いかなって、そう思ったんだよ。それくらい本気なの」

彼女の目は真剣だ。仲間を討てと言ったら本当に行ってしまいそうな、そんな目だった。

「私を使って欲しい。諜報《ちょうほう》活動もするし戦いもする。幸助様にならエッチな寝技だって……」

エッチな寝技って何ですか！　エッチな寝技って何ですか!!

「ええとだな……」

俺がなんて言おうか悩んでいるとアイヴィが口を挟む。

「ねぇたっきー。覚えてるでしょ。あの時、朱雀《すざく》を前にして私に言った言葉」

朱雀の前で、か。たしか……幸せになってもらいたい人の一人は、アイヴィさんとか、そんな言葉だったはずだ。

「私は貴方に仕えることが幸せだと確信しています」

俺は頭を押さえる。ふとななみにも同じ事を言われたのを思い出した。

「……もし俺が悪いことを企《たくら》んだらどうするんだ？」

「一応進言しますが、幸助様が命令されたら悪事でも働きます。幸助様が『白』を『黒』と言えばそれは『黒』です」

彼女に大きな覚悟があることは分かった。

しかし俺の目標に付きあわせて良いのだろうか？

「……俺が相手にするものは強大だ。それは理解しているのか？」

「しています」

「本当か？　本当なのか？　生半可な気持ちだと正直困る」

まず結花、初代聖女、聖女をハッピーエンドへ導くなら法国との戦いは避けられない。

「俺は法国にケンカを売るぞ？」

カトリナもハッピーエンドに導かなければならない。

「ある日は強力な魔族と戦うことになる」

リュディや邪神教にいるあの子も救わないとならない。内部で色々な思惑が交錯している邪神教をぶっ潰すために、スサノオ武術学園のイベントもこなさなければならないし、何より。

「邪神教のヤバイ奴らと戦うかもしれない」

三会の秘密であり、学園の問題でもあるあの件。桜さんとラジエルの書が見た暗闇。伊織と協力して必ず倒さなければならないあいつ。

「邪神教や魔族なんかよりも強力で人知を超えた存在と戦うかもしれない」

他のヒロインを考えれば、今まで挙げた事以外にも戦わなければならないことがある。

これらすべてを成し遂げるために、俺は辛い訓練や命をかけたギリギリの戦いもしてきた。もし俺についてくるのならば生半可な気持ちでは困る。

「覚悟はあるのか？」

アイヴィが力になってくれることは俺にとって大きなプラスだ。有用なスキルをもつ彼女はとても頼りになるだろう。だから本音を言うと来て欲しかった。

でも断ってくれても良かった。本当に危険だから。彼女に関係のある邪神教とだけ戦っても良いのだ。

「覚悟は出来ています」

しかし彼女は揺るがない。俺の脅しなんて気にもとめない。

本気で俺の忍びになろうとしていた。

「命がいくつあっても足りないんだぞ？」

「私が命に代えてもお守りします」

彼女は迷いなくそう答えた。しかしそれは——。

「それは無理だな。だって俺はアイヴィにも幸せになってもらいたいからな」

俺の言葉に彼女は少しだけ表情が変わる。ぽかんとした、かわいらしい表情だ。

「アイヴィが俺を守るなら、俺だってアイヴィを守る。命をかけてな」

当然だ。これは譲れない、これだけは絶対譲れない。

「それでよければ俺の忍びになってほしい」

「……御意です、幸助様」


—アイヴィ視点—

モニカが私を呼んだのはお昼を食べ終わった後だった。モニカのおやつこっそり食べたのバレたかな？　なんて考えながら生徒会室に向かった。

そこにはモニカとハンゾウがいた。

「やっほーモニカ。おやつの事かな？」

「何の話かしら？」

モニカは不思議そうに返してくる。気がついて無いっぽい。

「……その件では無い。そんな事ならいちいち呼ばん」

だけどハンゾウは知ってるみたいだった。

「まあ、おやつの事は分からないけれど、別件よ。まだベニートには言って無いんだけど、皆に話そうと思っているわ。三会の事を」

思わず「え」と声を出す。

「モニカ？　本気？」

「誰のせいか分かってる？」

じっと私を見るモニカ。やべっ。

「あはは一だれかな一??」

と私がわざとらしく言うと、彼女はため息をついた。

「でもすぐには話せない。ツクヨミダンジョンの六十層攻略、これを条件にする。達成している者には後で機会を設けて話すわ」

「……六十ってそんな強くないと駄目なの？」

一応私は達成している。二、三学年でも達成している人は数人だろう。ほぼ三会メンバーだ。

「ええ。幾人かのメンバーは大けがをしたわ、まだ学園に復帰していない者もいる。昔は死者も出たらしいし」

復帰していない……多分それは彼女の事だ。

「風紀会の？」

「貴方が想像した子よ。だから一年生にはまだ教えられないわね」

一年生には教えられない、ねぇ。そう聞いて彼の事を思いだす。

「そっか。でも幸助様達ならすぐ達成しそうだね」

と私が言うと生徒会の二人は鳩《はと》が豆鉄砲を食ったような顔をしていた。

「……幸助様？」

「うん幸助様」

なるほど、と理解をしたのはハンゾウだった。

「仕えるべき人を見つけた、か」

「うん。見つけたの、これ以上は無いって人を」

私がそう言うとモニカはにやけた。

「へぇ、それは私よりも？」

「うん。私もね、実力だけだったらモニカ以上の人って出てこないと思ってた」

「それは色々聞き捨てならないわね」

「まあベニートもモニカよりも良いところはいっぱいあるし。ね、ハンゾウ？」

そうハンゾウに問いかけるも彼は何も言わなかった。フォローをしなかった。

「……ハンゾウ？」

モニカが低い声でハンゾウを問い詰める。追い詰められるハンゾウは普通に面白い。

「あははは。ほーらね、まあベニートはどうでもいいや」

うん。どうでもいい。そんな事より幸助様だ。

「幸助様はベニートやモニカにないものを沢山持っているから」

「それはなんだ？」

なんだと聞かれても色々あるんだよね。

「色々あるけど、一番は勇往邁進《ゆうおうまいしん》だろうね」

うん。勇往邁進。彼に一番合っている言葉だ。

「幸助様の考え方とか生き様とかに色々感じることがあったの。そして思ったの。彼に仕えたいなって。彼は知識、力、精神、すべてが揃ってる。それに彼と一緒に居ると私も成長できる」

そう言ってハンゾウを見る。

「だから私ハンゾウより強くなっちゃう。ごめんね」

「………………フン。なれるものならなってみろ」

「うん。なる。モニカも覚悟してた方が良いよ？　って何を言いたいか分かるよね。私の事じゃなくて幸助様の事でだよ」

「ええ分かるわ、同じ事を雪音《ゆきね》にも言われたし」

「そっかゆっきーも言ってたのか」

彼の側にずっといたもんね。ちょっとうらやましいな。

「ねえ、アイヴィ。貴方の言おうとしていることは正しくないわ。だって私は誰かに譲る気は無いもの」

鋭い視線を私に向けるモニカ。でも私はなんだか滑稽に見えた。

「モニカ、それ後で恥をかくから言わない方が良《い》いよ？」

彼の目標を考えれば、ならなければならないから。いや、必ずなるだろうから。

でも、もしだ。もし彼がなれないのなら私がそこまで連れて行く、彼の目的をかなえる。

たとえどんな手を使ってでも。

だからモニカは二番目だ。彼女はそれを理解していないようだから、口に出して教えてあげないとね。

「幸助様は最強になる男だよ」

あとがき

皆様ごきげんよう。

なんとか生きております。


——謝辞——

神奈月《かんなつき》先生、いつもながら素晴らしいイラストをありがとうございます。

グレーテルのデザイン最高です。思っていた以上の素晴らしいデザインで、線画を見ているだけで想像力が活性化し文章が頭に浮かんでくるほどです。本当にありがとうございます。

緋賀《ひが》先生ありがとうございます。素敵なコミックをありがとうございます。やっぱり全キャラが可愛いです。これからもよろしくお願いいたします！

そして何より編集様。色々ご迷惑をお掛けしました……誠にありがとうございます。


——その他——

普段からギャグのネタを考えているのですが、するとふとした瞬間に思いつくことがあります。

しかし自身は自他共に認める鳥頭です。何か別のこと、例えば買い物を終える頃にはそのネタを忘れています。

ネタを思いついたときには「うわめっちゃ面白いじゃん」と思っていたはずなんですけどね。面白かったという事だけを覚えていて、ネタを忘れ去るんです。ネタを覚えとけよと思うのですがね。

だから仕方なく机の近くや自分のボディバッグにメモ帳を入れるようにしました。しかし別の問題が発生したのです。

字が汚くて読めない。

自分の字じゃんっっｗ草草　とか思いますよね？　マジで読めないんです。ほんと汚いんです。サインも正直書きたくない。サインだけゴーストライターを雇うかを真剣に検討するレベルです。

まあそんな事で私は紙のメモをやめてスマホでメモを取るようにしたんですが、これにも問題がありました。

その問題を語る前に前置きをさせてください。

私は推理小説を読むとごく稀《まれ》にある現象が発生します。誰が犯人か分かる時があるんです。それが直感というか、絶対こいつだ、じっちゃんの名にかけて真実はいつも一つという感じでです。

そして最後まで読んで気がつくんです。あ、これ一回読んだことある本だと。そりゃぁ犯人分かりますよね。読んでるんだから。

何が言いたいかと言えばですね。私は読んだ本の内容すら忘れてしまうんです。てか自分が以前どんなあとがきを書いたかすらも忘れてます。自分で書いたのを忘れる、で察せられたかと思います。

つまりですね、メモを書いても内容を忘れてるんです。

私は『ゲーミングコンドーム』をナニに使おうとしてたんでしょうね。

入栖《いりす》

姫宮紫苑の
エロ巫女服は
こんなの

マジカル★エクスプローラー
エロゲの友人《ゆうじん》キャラに転生《てんせい》したけど、ゲーム知識《ちしき》使《つか》って自由《じゆう》に生《い》きる8

著　入栖《いりす》

角川スニーカー文庫　23607

2023年5月1日　初版発行

発行者　山下直久

発　行　株式会社KADOKAWA
〒102-8177 東京都千代田区富士見2-13-3
電話　0570-002-301（ナビダイヤル）

印刷所　株式会社暁印刷
製本所　本間製本株式会社

◇◇◇

●お問い合わせ
https://www.kadokawa.co.jp/（「お問い合わせ」へお進みください）
※内容によっては、お答えできない場合があります。
※サポートは日本国内のみとさせていただきます。
※Japanese text only

Printed in Japan　ISBN 978-4-04-112668-4　C0193

★ご意見、ご感想をお送りください★
〒102-8177 東京都千代田区富士見 2-13-3
株式会社KADOKAWA　角川スニーカー文庫編集部気付
「入栖」先生
「神奈月 昇」先生

角川文庫発刊に際して

角川源義

第二次世界大戦の敗北は、軍事力の敗北であった以上に、私たちの若い文化力の敗退であった。私たちの文化が戦争に対して如何に無力であり、単なるあだ花に過ぎなかったかを、私たちは身を以て体験し痛感した。西洋近代文化の摂取にとって、明治以後八十年の歳月は決して短かすぎたとは言えない。にもかかわらず、近代文化の伝統を確立し、自由な批判と柔軟な良識に富む文化層として自らを形成することに私たちは失敗して来た。そしてこれは、各層への文化の普及滲透を任務とする出版人の責任でもあった。

一九四五年以来、私たちは再び振出しに戻り、第一歩から踏み出すことを余儀なくされた。これは大きな不幸ではあるが、反面、これまでの混沌・未熟・歪曲の中にあった我が国の文化に秩序と確たる基礎を齎らすためには絶好の機会でもある。角川書店は、このような祖国の文化的危機にあたり、微力をも顧みず再建の礎石たるべき抱負と決意とをもって出発したが、ここに創立以来の念願を果すべく角川文庫を発刊する。これまで刊行されたあらゆる全集叢書文庫類の長所と短所とを検討し、古今東西の不朽の典籍を、良心的編集のもとに、廉価に、そして書架にふさわしい美本として、多くのひとびとに提供しようとする。しかし私たちは徒らに百科全書的な知識のジレッタントを作ることを目的とせず、あくまで祖国の文化に秩序と再建への道を示し、この文庫を角川書店の栄ある事業として、今後永久に継続発展せしめ、学芸と教養との殿堂として大成せんことを期したい。多くの読書子の愛情ある忠言と支持とによって、この希望と抱負とを完遂せしめられんことを願う。

一九四九年五月三日

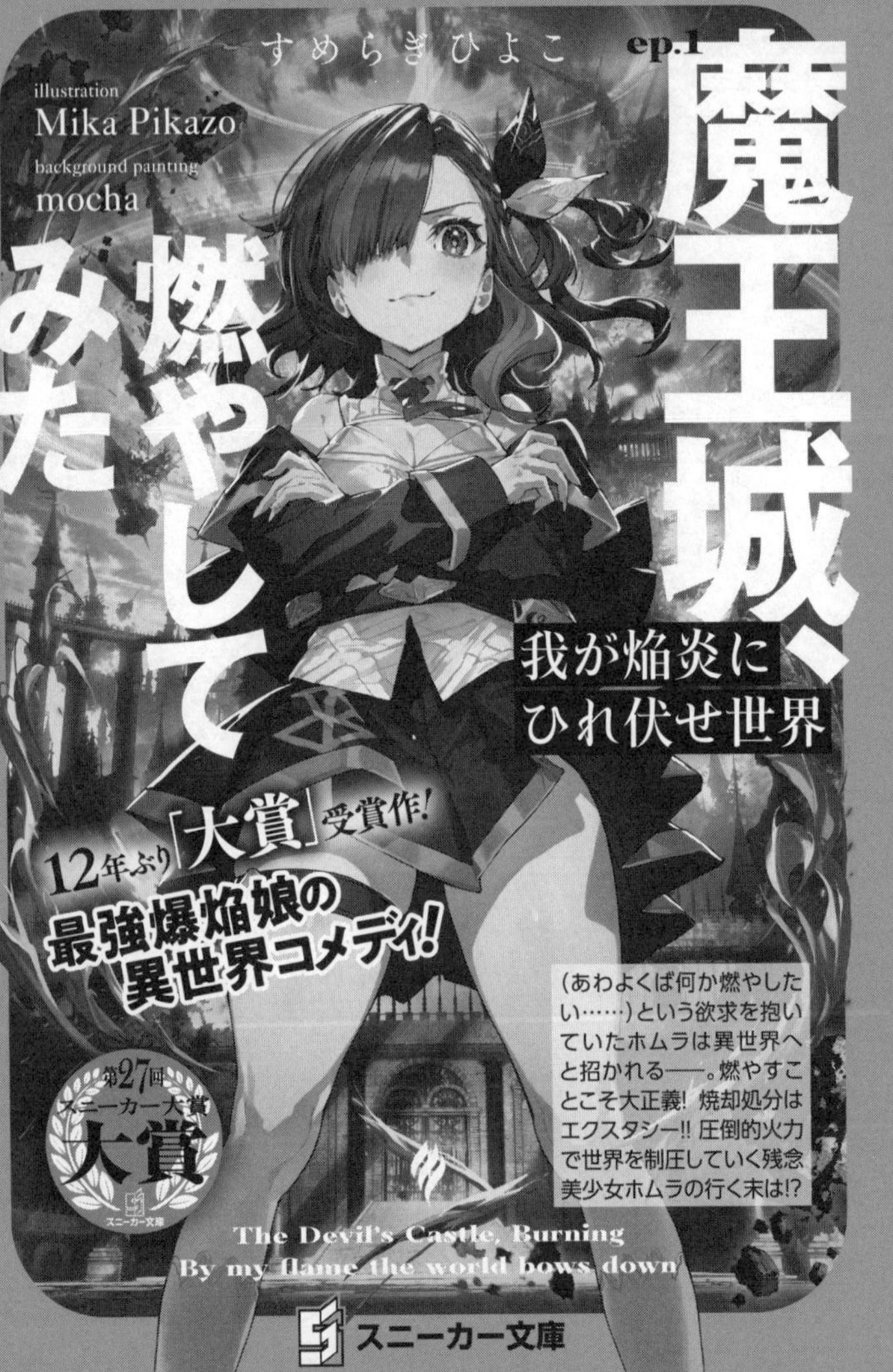
すめらぎひよこ
illustration
Mika Pikazo
background painting
mocha
ep.1
魔王城、燃やしてみた
我が焔炎にひれ伏せ世界
12年ぶり「大賞」受賞作!
最強爆焔娘の
異世界コメディ!
(あわよくば何か燃やしたい……)という欲求を抱いていたホムラは異世界へと招かれる――。燃やすことこそ大正義! 焼却処分はエクスタシー!! 圧倒的火力で世界を制圧していく残念美少女ホムラの行く末は!?
第27回
スニーカー大賞
大賞
スニーカー文庫
The Devil's Castle, Burning
By my flame the world bows down
スニーカー文庫

「私は脇役だからさ」と言って笑う
そんなキミが1番かわいい。
クラスで2番目に可愛い女の子と友だちになった
たかた [イラスト] 日向あずり
第6回 カクヨム Web小説コンテスト 特別賞 ラブコメ部門
『クラスで2番目に可愛い』と噂の朝凪さん。No.1人気の天海さんにも頼られるしっかり者の彼女は……金曜日の放課後だけ、俺の家に遊びに来る。本当は無邪気で甘えたがり。素顔で過ごす、二人だけの時間。
スニーカー文庫

君の紡ぐ物語で
世界を変えよう。
第29回
スニーカー大賞
作品募集中!
大賞 300万円
+コミカライズ確約
金賞 100万円
銀賞 50万円
特別賞 10万円
締切必達!
前期締切
2023年3月末日
後期締切
2023年9月末日
詳細は
ザスニWEBへ
https://kdq.jp/s-award
イラスト／左